「もっと…、奥まで…ください……」
「まったく、上品で可愛い顔をしてるくせに、あさましいお人形さんだ」
呑気にたしなめたと思うと、一転、厳しくなった語調が、朔耶の耳に突き刺さってくる。
「なら、咥えなさい、たっぷりと！」　（本文より）

カバー絵・口絵・本文イラスト■かんべ　あきら

B●BOY NOVELS

秘書の愛したビスクドール

あさぎり夕

この物語はフィクションであり、実在の人物・団体・事件等とは、いっさい関係ありません。

CONTENTS

華族――それは、爵位を持つ特権的貴族階級のことである。

明治二年、維新政府はそれまでの封建身分制度の解体をおこない、公家《くげ》や大名などの旧支配層を、世襲制の新しい身分に統合した。これが華族のはじまりである。

さらに、明治十七年の華族令によって、維新の立役者など、国家に功績のあった士族や平民も新たに華族に列せられることとなり。イギリスの貴族制度を元に作られた、公爵・侯爵・伯爵・子爵・男爵の五等爵が、それぞれの家格や功績に応じて与えられた。

華族という言葉からは、莫大な資産を有し、豪邸をかまえ、美麗なドレスや燕尾服《えんびふく》に身を包み、夜ごとに晩餐会《ばんさんかい》を開きダンスに興じる――などという、今風にいえばセレブなイメージを抱きがちだが、実際には質素で厳格な家風が多く、ロマン溢《あふ》れる上流階級の優雅な生活をおくっていたものはほんの一握りにすぎなかった。

やがて軍人や財閥の当主が叙爵され、裕福な新華族が増えるにしたがって、貧富の差はさらに広がり、公家や大名などの旧華族と、にわかに成り上がった新華族とのあいだの反目も激しくなっていった。

ヨーロッパ貴族の根幹をなすノーブレス・オブリージュ――身分高き者は義務を負う、という精神は、残念ながら華族社会には育たなかったのである。

昭和二十二年、日本国憲法の施行によりこの制度は廃止され、以来、日本に華族と名のつくものは存在しない。

秘書の愛したビスクドール

1

「ねえ、志堂《しどう》くんってさー、元貴族だってウワサだけど、マジー？」

経済学部ビジネス学科の研究室、明日に控えたゼミのレジュメを準備しているところに、背後からいきなり不躾《ぶしつけ》な質問をされて、志堂朔耶《さくや》は視線だけを声のほうへと流した。

そこにいたのは、まったく見覚えのない女学生の二人組だ。

少なくとも、この内田《うちだ》研究室のメンバーではない。

コの字に配されたスティール机の対面、パソコンを覗《のぞ》きこんでディスカッションという名の愚痴のこぼしあいをしていたゼミ仲間が、またかよ、と言いたげな視線をちらと向けてくる。

「元華族だ」

筆先ですいと引いたような細い眉を、わずかに不快の形に寄せ、朔耶は最小限の言葉で返す。

「え、え？　なに〜？」

「貴族じゃない。華族だ。身分でいえば元伯爵だ」

「あー、かぞくね、かぞくってゆーんだ、ふうん〜」

こいつらいま、ひらがなで言ったな、と朔耶は少々でなくうんざりする。

華族すら知らない語彙《ごい》の乏しさで、どうやって全国的に名の通った、この難関の名門私大に入れたのかとほとほと不思議になる。

「でも、本当だったんだぁ。だから、やたらキレイなんだね」

それも違う。華族がきれいなんて、マンガかなにかのイメージだろう。

元公家《くげ》なら雅な瓜実顔《うりざねがお》もいたかもしれないが、元大名や倒幕の志士や軍人となれば、むしろ無骨な男が多かったはず。朔耶をきれいと感じるなら、それは志堂家が、たまたま美形の多い一族だったというだけのことだ。

「じゃあ、祖先は皇族とか公家とかなんだよね。あ、もしかして大名とか？」

それもまた違う。志堂家はいっかいの郷士《ごうし》でしかなかった。武士とはいえど身分は低く、明治政府の文官となる以前の来歴は、ほとんど残っていない。

曾《そう》祖父が維新の志士として子爵を賜《たまわ》ったのち、実業界の発展に尽力するとともに、政治家としても辣腕《らつわん》を振るい、その功績によって伯爵へと陞爵《しょうしゃく》した——などと言っても、この女達にはチンプンカンプンだろう。ようはグレードアップしたのだ。

日露戦争の最中にこの世に生を受け、曾祖父から財産と爵位を継いだ祖父は、九十二歳で大往生するまで、ほんのひとかけらの石ころにすぎないが、近代日本の礎《いしずえ》になれたとの誇りを持って、曾祖父が築いた志堂家の歴史を語っていた。

「あ、それで、お父さんも会社の社長なんだって？　伯爵の血筋で社長ってすごくない〜！」

それもまったく違う。朔耶の父、志堂宗介《そうすけ》は一代で『志堂コーポレーション』を築きあげた男だが、実は婿《むこ》養子だ。志堂の祖父が、火の車だった家計を救うために、一人娘だった母の結婚相手に、会社持ちの成金男を迎えただけのこと。

だが、それすら最近は、きな臭くなってきた。

創業三十五年、強烈なオーナーの個性で引っ張って成長を続けてきたが、五年ほど前から業績は低迷しはじめ、すでに全盛期の面影もない。活路を見出そうとして興した新規事業はどれも空振りに終わり、収支はさらに落ちこむという悪循環にはまっている。

ゆえに朔耶は、いずれ自らの力で会社を建て直すくらいの気構えでビジネス学科を専攻したのであって、見も知らぬ女達とだべっている暇などない。

なので、無視することに決めた。

そうして、いったん不要と断じてしまうと、ただでさえクールな印象の朔耶は、声をかけるのさえためらわれる空気をまとう。そのまま席を立ち、対面に集まっていたゼミ仲間のほうへと向かえば、取り残された二人が、むうっと口を尖《とが》らせる。

「えっとぉ……なにかなぁ、あたしら、シカトされてるって感じ～？」

さすがに図々しいイマドキの女でも、ここまで完全無視されれば少々の羞恥《しゅうち》は覚えるのか、それとも居場所のなさにムカついたのか、足音荒く出ていってしまった。

それを、ひゅう～と口笛で見送って、白衣が似合う助手の市ヶ谷《いちがや》が声をかけてきた。

「さぁーすがビスクドールの朔耶くんだ。冷たいったらないね」

朔耶の顔を、人形のようだと譬《たと》えるものは少なくない。

両頬《ほお》の柔らかな曲線と、鋭さをも感じさせる顎《あご》のライン。

片手で握りこめそうな小さな面《おもて》に、色素の薄い前髪が降りかかる儚《はかな》げな風貌《ふうぼう》。

象牙の色がほのかに溶けこんだ白い肌は、生身の再現を試みられた人形よりも、さらに作りものめいている。指で弾《はじ》けば、キンと硬く鳴りそうなのに。ひとたび触れてみれば、何度も焼きこまれた磁器のような、わずかな水滴も染みこませない密なるキメはそのままに、けれどそれを形作っているのは間違いなく血肉でできた人肌だと、官能的ですらある弾力が教えてくれるはず。

ふっくらした唇は、手彩色を施されたような薔薇《ばら》色に染まり、きゅっと結んでしまえば、まさにフランス人形のクローズドマウスのごとき柔らかさを見せる。

浅すぎず深すぎず、ほどよい彫りの眼窩《がんか》におさまった、二十歳の男にしては愛らしい丸みのある鳶《とび》色の瞳もまた、名工だけが作り得る永遠に濁らないガラスの球体のようだ。

そのどれもが、百年もの時をへていまに残る、アンティークのビスクドールを思わせるのだ。

さらに元華族というオプションまでついているから、やたらとロマンティックなイメージを持たれてしまいがちだが、実際の朔耶は、決して優しい王子様ではなく、存外シビアな性格だ。にもかかわらず、さっきの二人のように玉の輿《こし》を狙った勘違い女は次から次へと現れる。

「少しぐらい女とも遊べよ。せっかくの色男ぶりがもったいないぞ」

隣から伸びてきた手が、うりうりと頬を突っつく。

「冗談でしょう。そんな暇はないです。会社のことが気になって。親父、今日も役員会議があるって言ってたし」

いまの『志堂コーポレーション』の状況がどうなっているのか、どれほどの負債を抱えているのか、父は多くを語ってはくれないが、この五年間落ちこんでいく一方の株価の推移を見ていれば、決して楽観視できないとの想像はつく。

倒産という、最悪の二文字も浮かびはしたのだが。

二ヶ月半前、『志堂コーポレーション』の株価は上場して以来の安値をつけ、三日続けてストップ安が続いたあと、突然、上げに転じた。好材料ひとつないにもかかわらず、じわじわと値上がりしていくさまは不気味でさえあった。

市場関係者達のあいだでも、原因はなにか？　と囁《ささや》かれはじめ、これはどこかの企業が買収を仕掛けようと株を買いあさっているのではとの憶測も流れた。

「そーいやあ、おまえんとこ、どこかがＴＯＢを開始するって言ってなかったか？」

ＴＯＢとは、Take Over Bidの略で、日本語に訳すと、株式公開買い付け、となる。新聞広告などを使って、○○社の株式を買い集めます、と広く世間に公表し、買い付け期間、買い取り株数、価格などを提示して、投資家から直接株式を買うことで。

二〇〇五年、某ラジオ放送局株の時間外取引による大量取得で幕を開けた買収劇は、連日のようにテレビや新聞をにぎわせ、この手の証券用語も流行語のようになってしまったが。

渦中にいる者にとっては、冗談ではすまない。

「ええ。オンラインショッピングモールの『ＩＮＡＭＩ《イナミ》』です」

そして、一ヶ月前、ついに新興ＩＴ企業によるＴＯＢが発表されたのだ。

「ひゅう〜。あそこって確か、去年だかにＪリーグのチーム、買ったばっかじゃん。おまえんとこって貿易業だっけ？」

『志堂コーポレーション』は、食料品、日用雑貨、服飾品、高級家具から建築資材まで、幅広い商品を取り扱う総合貿易商社だ。取引先はそれこそ世界中に広がっている。

「う～ん。あっちはIT、志堂んとこは昔ながらの商社だけど、まんざら異業種ってわけじゃないんだな。志堂んとこを手に入れれば、まるっと世界各国の取引先が手に入るわけだ」

「けど、『INAMI』からは、事前に業務提携の申し出はあったんです。ただ、うちの父も頑固だから、三十四かそこらの若造が社長をしている会社の傘下に入るのは、プライドが許さないらしく、遅々《ちち》として進まなくて……」

「やっぱ、傘下に入ることになるのか？　対等な業務提携じゃなくて？」

「無理ですよ。巨人相手に精一杯手を伸ばして、握手しようとしてるようなものだから」

ともすれば深刻になりがちな話を、朔耶は微苦笑を浮かべてさらりと流す。

ビジネスライクに考えるなら『INAMI』との業務提携は、一考の価値ありの話なのだが、どうしても私情を挟んでしまう理由があるのだ。

(俺だっていやだ。『INAMI』にはあいつがいる……！)

以前は志堂家の使用人だった男の顔を思い出せば、否応なしに美麗な眉が歪《ゆが》む。

いまとなっては、もう関係のない男と割りきればいいのだが、それほど簡単に気持ちは切り替えられるものではない。

「ウワサをすれば……ってやつかな。おい、志堂。おまえんとこ。大変なことになってるぞ」

パソコンを覗いていたゼミ仲間達がなにやら騒ぎ出し、朔耶は我に返る。

「なあ、これって、乗っ取りなんじゃねーの？」

他人の惨状にでくわしてしまったとき、人は場の気まずさを紛らわすために意味もなく笑うものだが、いま彼らの口元に浮かんでいるのも、それと同じような引きつり笑いだった。

「最新の経済ニュース見てたんだけど……ここ」

パソコンの前に陣取っていた二人ほどを掻《か》き分けて、朔耶はモニターを覗きこむ。


――オンラインショッピングモール『ＩＮＡＭＩ』は、『志堂コーポレーション』の発行済み株式の35％を取得し、資本・業務提携に基本合意したと発表。これにより『ＩＮＡＭＩ』の代表取締役社長・井波東吾《いなみとうご》氏が『志堂コーポレーション』の非常勤取締役に就任、経営再建に着手する方針を示した。


映し出された記事に、ざっと目を走らせる。

「うわ〜、株式の三十五パーセントって、三分の一以上だな。株式総会で経営に口を出せるじゃないか。知ってたのか、志堂？」

背後から、しょせん他人事《ひとごと》とばかりの緊張感のなさすぎる市ヶ谷の声が、訊《き》いてくる。

「いいえ。いま知ったところです。三十五パーセントか。経営権を掌握するには過半数……あと十五パーセント。それならなんとかしのげるか」

「おまえー、落ち着いてるねぇ、こんなときに」

「これでも内心、冷や汗たらたらですよ」

だが、ある程度の覚悟もあった。このところの株価の妙な動きには、役員だけでなく社員達も戦々恐々としていたのだ。ならば『ＩＮＡＭＩ』との提携を進めてしまったほうがいいとの判断なのだろう。

「悪い、さきに帰らせてもらう」

上着とブリーフケースをつかんで、あとは頼むと研究室を出たところで、マナーモードにしてある携帯が、内ポケットのなかで着信を知らせて震えた。

足早に歩きながら、サブディスプレイに表示された名前を確認し、これは本当に少々でなくまずいことになっているのかもしれないと、耳に当てる。

『坊ちゃま、佐代《さよ》です』

志堂家の家政婦、佐代だ。十二歳で小間使いとして奉公に上がって以来、六十年。いまは使用人の長《おさ》として実質的に志堂家を切り盛りしている。厳格で少々神経質なこの老女を、屋敷の者達がこっそり〝ロッテンマイヤーさん〟と呼んでいることは、秘密だ。

めったに電話などしてこない佐代からの、このタイミングでの連絡となれば、やはり会社のことだろうと、朔耶は神経を尖らせる。

「なにがあった？　いま、『ＩＮＡＭＩ』との業務提携のニュースを見たところだ」

『そのことで、あの男が来ております』

名前を聞かなくも、それが誰をさしているのか朔耶にはわかってしまった。

さっきから朔耶自身が考えていた、あの男に違いないと。

「わかった。すぐに帰る」

携帯を胸ポケットにしまいながら、いっそう足取りを速めて、研究棟をあとにする。

来客用の駐車場。いつもの場所に、俗に黒塗りと言われる、オプシディアンブラックのベンツが待機していた。運転席から降りてきた男が、仰々しい仕草で後部ドアを開ける。

その手を包むトレードマークのような白手袋を見たとたん、以前、同じように自分の送迎に来ていた男の顔を再び思い出し、鼓動がひとつ大きく跳ねた。

(そうだ……もう五年にもなるんだ。あいつが姿を消してから)

小振りの眼鏡と、落ち着いた色合いのシングルスーツに、白手袋がよく似合っていた。

困惑と郷愁《きょうしゅう》が入り混じった想いは、まだ少しもあの男を忘れていない証拠で、やるせなさばかりがつのってくる。

V8気筒《きとう》の低いエンジン音をたててゆっくりと走り出した車のなか、リアシートに身体《からだ》をあずければ、なにもすることがないだけに、もう不要となったはずの記憶が蘇《よみがえ》ってくる。

それを振り払うように、朔耶はスモークガラスの外へと視線を向けた。

帝都東京の心臓部、江戸開府のころからの中枢地帯を取り囲む首都高環状線を、車は走っていた。皇居という名の一大緑地のきわを通り、左手に湾岸《わんがん》の気配を感じながら南下する。

グローバル経済という荒々しい時代の波に洗われながらも、かろうじて品格を保っている銀座《ぎんざ》界隈《かいわい》を過ぎ、緩《ゆる》やかにカーブして進んださき、右手に迫ってくる東京タワーを見ながら一ノ橋《いちのはし》ジャンクションで路線を離れ、2号線に乗る。

(なぜいまになって、こんな形で現れる……?)

ぼんやりしていると浮かんでしまう男の顔に、無為な問いかけをしているあいだにも、最初の出口、天現寺《てんげんじ》で明治通りに降りた車は、すぐに横道へと入り、さらに目黒《めぐろ》方面に進んでいく。

土地勘がなければたちまち方角も見失いそうなほど、気まぐれな小路《こうじ》が交差する街中で右折左折を繰り返すほどに、あたりには、住宅というよりは邸宅と称してさしつかえない家屋が増えてくる。俗に、山《やま》の手《て》のお屋敷街と呼ばれる、古くから富裕層の集まるエリアのひとつに、車は入っていた。

十月も半ば、西の空に傾きはじめた陽が、スモークガラス越しにもわかるほどに眩《まぶ》しい。

繁華街のざわめきはすでに遠く、どこか気取った静けさが漂うなか、蛇行する緩やかな上り坂を慎重に進んでいた運転手は、フロントガラスを埋めるように突きあたりに現れた灰褐色の高塀を見ながら、右にハンドルを切った。

延々と続く石塀のなか、こんもりとした樹林の、二メートル余りの高さを軽々と越えて張り出した大枝が、アスファルトに落とす長い陰影を、車は緩やかにたどっていく。

「朔耶様、着きました」

車内に響いた声が示したとおり、曲がり角ではないところで最後の左折をすれば、ドイツが生んだ名車の品格にふさわしい、双頭の獅子《しし》のブロンズ像で飾られた大きなアーチを戴《いただ》いた大門が出迎えてくれる。

むせかえるほどに咲き誇った花々と、樹形の美しい高木の合間を縫うレンガ敷きの小径《こみち》を進み、白薔薇の花壇を従えて数本の針槐樹《はりえんじゅ》が優美な枝を寄せあう一隅を過ぎると、前方に黄昏《たそがれ》色に染まった壮麗な洋館が姿を現した。

明治初期、西洋の文化が洪水のごとく流入してきた時代、イギリスから招かれ、日本の近代建築界に貢献した高名な建築家の手になるものだ。塔屋《とうや》ひとつを備えた二階建てのヴィクトリアン様式で、堅牢な石造りだが、外壁は白漆喰《しっくい》で仕上げられている。

屋根を葺《ふ》いたスレートの鈍《にび》色と、たくさんの窓の鎧戸《よろいど》と、雨樋《あまどい》に施されたダークレッドがアクセントになって、高貴と優雅を兼ねそなえた貴婦人のような、近寄りがたささえ感じる美しさをかもし出している。

百余年たっても変わらぬその景色は、このさきもずっとそこにあるだろうと、朔耶は信じて疑わなかった。今日のこのときまでは。

庭先に放り出されたままの箒《ほうき》、開けっぱなしの窓に揺れるカーテン、そんな雑然とした落ち着きのなさは、この家には縁のないものだったのに。運転手がドアを開けるのももどかしく、朔耶が車から降り立つと、待ち受けていたかのように、重厚な観音開きの玄関ドアが開いた。

「坊ちゃま、お帰りなさいませ」

姿を現したのは割烹着《かっぽうぎ》姿の佐代だ。めったに焦《あせ》りなど表さない老齢な家政婦の、いつもよりわずかに早い口調に、ことの重大さが見え隠れしている。

「あの男は？」

「中でお待ちです」

「わかった」

阿吽《あうん》の呼吸でうなずくと、朔耶は大きく深呼吸して、きりと顎を上げる。

高い天井にオークの腰板、御影石《みかげいし》の床に手織りのペルシャ絨毯《じゅうたん》。この館が持つ風格ある静寂を、広い空間の隅々にまでたたえた玄関ホールに一歩足を踏み入れたとたん、正面階段の踊り場に立つ長身のシルエットが飛びこんできた。

二階の天井の間際まで、みっつ並んだ丈高の飾り窓が、裏庭に差した西日の明るさに輝いて、それを背にした男の表情を隠している。

「お久しぶりです、朔耶さん」

てらいもなくかけられた挨拶の、懐かしい呼びかけに、とくんと胸が高鳴った。

「この屋敷は変わりませんね。まるで時が止まってしまったかのように。佐代さんは相変わらず几帳面な仕事をなさっている」

階段を下りるゆったりとした足取りとともに、近づいてくるビブラートの効いた低音。

最後の段を下りた男が、二メートルほどの距離を置いて、足を止める。

「あなたはいっそう美しくなられた。奥様を思い出します」

その男、氷室怜司《ひむろれいじ》は、五年の月日を超えて、再び朔耶の前に現れた。

小振りのリムレス眼鏡の奥、ひたとこちらを見据える目線の位置は、一七〇センチちょっとで止まってしまった朔耶より、十五センチは高い。

伝統的ブリティッシュスタイルの、濃紺地に白のチョークストライプのスリーピースは、厚みのある体軀《たいく》によく似合って、二十九歳とは思えぬ威風堂々たる品格をかもし出している。以前は地味な色合いの服を選び、否応なしに滲《にじ》み出る迫力を、あえて抑えこんでいるふうがあったのに。いつの間に、こんな鷹揚《おうよう》で自信に溢れた所作を身につけたのか。周囲の年代物の調度品もかすむほど圧倒的な存在感に呑《の》まれそうになって、朔耶はぐっと奥歯を嚙《か》みしめる。

(なにを怯《ひる》む……！　相手はたかが野良猫だ)

五年前までは、親父の秘書だった男。

それ以前は、朔耶の遊び相手兼家庭教師だった男。

巡る季節のなか、九年もの歳月のあいだ、常に傍らにあった男。

こうしてその姿を前にすれば、胸に溢れてくるのは、悔しいほどに懐かしい記憶ばかりだ。

春には、裏庭の片隅に、いっしょに向日葵《ひまわり》の種を植えた。

ときおり都心を白く染める雪でこしらえてくれた、南天の赤い目の雪兎。

ないしょで出かけた縁日で飲んだラムネのビー玉は、いまも宝箱のなかに眠っている。

ふわりと空を舞う紙飛行機、不思議な影絵遊び、石蹴り、指相撲、笹笛《ささぶえ》のピーッと響く高い音。

人は、誰もが裕福というわけではないけど、身の回りにある何気ないもので遊ぶことができると、贅沢《ぜいたく》に慣れてしまった朔耶に、小さな魔法をたくさん見せてくれた。

それまで知らなかった——知る必要のなかった色々なことを、教えてくれた。

平身低頭な態度の使用人のなかで、氷室だけが、朔耶をただの子供としてあつかってくれた。

口調こそは徐々に敬語へと変わっていったものの、秋雨がアスファルトを濡《ぬ》らす冷たい夜に拾った野良猫は、常に朔耶のそばにあって、変わらぬ忠誠を注いでくれた。

そうして、いつまでも続くと思っていた至福の時間は、でも、五年前、朔耶の母親の死によって終わりを告げた。

別れの言葉すらないまま、氷室は唐突に姿を消したのだ。

「よくも……平然と顔を出せたものだ」

こんな形での再会になるとは、いったい誰が想像しただろう。

「いずれ戻ってくるつもりでした。ご恩を返すために」

「恩だと？　白々しい、どの口で言う！　今回の買収劇、おまえが荷担してなかったとは言わせないぞ！」

常に冷静であれと心がけているが、この男を前にして、どうして落ち着いてなどいられるか。

抑えきれぬ怒りで視線は鋭さを増し、語調は荒れる。まるで宿敵にでも会ったかのような朔耶の憤激を前にしても、氷室は余裕を失わない。

「荷担とは、また人聞きの悪い」

額《ひたい》から続く高く通った鼻梁《びりょう》の下、肉感的な唇の両端だけをわずかに上げた、形だけは穏やかな微笑《ほほえ》み——それは、五年前にはなかった、作りものでしかないビジネススマイルだ。

「実質『志堂コーポレーション』の筆頭株主になったのは、私ではなく井波《いなみ》社長です。私は参謀というのさえおこがましい。ただの使いっ走りにすぎません」

いったんすごめば、これが堅気の人間かと疑いたくなるほどの迫力を持つ声も、臨戦態勢を解いていると思わせたいのか、無駄に甘さだけを強調している。

「けれど、これも仕事です。今日は残念ながら、朔耶さんにとっては楽しくないだろう話を、お耳に入れねばなりません」

いかにも秘書然とした、きれいに撫《な》でつけられた髪も、慇懃《いんぎん》なもの言いも、ただの仮面かと思えば、かえって神経に障《さわ》る。

「もうご承知のことと思いますが。今日をもって『志堂コーポレーション』は『INAMI』の傘下に入りました」

その向こうにあるものをやんわりと覆い隠したレンズの奥、ナイフエッジのように硬質な輝きを発した切れ長の双眸《そうぼう》が、いくら柔和に態度をつくろってもしょせん見せかけでしかないことを、伝えてくる。

(こんなに胡散臭《うさんくさ》い男だったか?)

朔耶の知っている氷室は、木訥《ぼくとつ》という表現が似合う、喜怒哀楽の少ない男だった。

それが無愛想とも受けとられがちで、『志堂コーポレーション』に入社するさい、まっさきにした教育は、営業スマイルの作り方だったと父から聞いた。

だが、目の前にある顔には、父が教えたものとも違う、どこか不遜《ふそん》な色合いが滲んでいる。

「一ヶ月半に渡る交渉の結果であり、あくまで双方の合意に基づく事業提携——友好的M&Aであることを、まずはご承知ください」

「耳障りのいい頭文字を並べて誤魔化すな。Mergers and Acquisitions《マージャーズ アンド アクイジションズ》――直訳すれば、合併と獲得だ。友好的だろうがなんだろうが、買収には変わりない！」

なぜに簡単に訳せる英単語がこうも氾濫《はんらん》してるかといえば、開国以来百四十年余りがたとうというのに、横文字はなんとなくカッコいいという、西洋かぶれの日本人の先入観があるからだろう。吸収合併と聞けば、即座に乗っ取りを連想するが。M＆Aというアルファベットの羅列だけでは、本質よりも見た目のイメージに惑わされてしまう。

「井波東吾が『志堂コーポレーション』の非常勤取締役に就任するとあったが、親父は代表取締役のままか？　それならまだ、提携という耳障りのいい言葉も聞いてやれるが」

「残念ながら、旦那様は、『志堂コーポレーション』の社長の座を辞することになりました」

辞する……？　むろん理解はできるが、自分が認識した意味そのままなのかと納得するまで、しばしのタイムラグがあった。

「親父が、社長を辞めた……？」

使用人達は、どこかから二人のやりとりをうかがっているのだろう、慌《あわ》ただしく立ち回る足音や、不安と憤《いきどお》りが混じりあったような声が、そこかしこから聞こえてくる。

「正確には、辞めさせられた、ということになるのでしょうが。もう二時間もすれば、新社長による正式な発表がおこなわれると思います」

腕時計にちらと視線を落とし、どこまでも律儀な男は、どうせ予定より遅れるでしょうが、とつけ加えた。その手に白手袋がはめられていることに、ようやく朔耶は気がついた。

家のなかで妙だな、と思ったのは一瞬、いまはそれどころではない。

「親父が辞めさせられたって……どういうことだ、それは？」

その口で友好的M&Aと言ったばかりではないか。ならば、経営者の立場は守られるはず、と詰め寄れば、氷室はどこまでも冷静に返してくる。

「社長の退任が『INAMI』の条件であり、それが今日の役員会議で了承されたからです」

「なに……？」

あまりに意外な言葉に、朔耶は茫然《ぼうぜん》と目を見開いた。

『志堂コーポレーション』は一族会社だ。役員の半数以上は、志堂の親族で占められている。

だが、その前身は、朔耶の父、宗介が興した貿易会社であり、社名に志堂の名を戴いたのも、当然だが結婚後のことだ。この男こそと見込まれて婿養子に入ったからには、血を分けた親兄弟より志堂が大事と、肉親を排し、妻の身内を重用したのだ。

そこまでして志堂の親族を立てたのに、その恩義も忘れ、自らの保身のために、父が築きあげた会社を『INAMI』に売ったというのか。

「そんなバカな！　役員とは名ばかりの無能無策な輩《やから》が、親父を追い出すなんて……！」

「いまの状況ではいたしかたありません」

「なぜ？」

「おわかりになりませんか？　もっともそばで旦那様の動向をごらんになっていた、あなたが」

「……ッ……！」

一九八〇年代の終わり、日本を襲ったバブル崩壊という猛威のなか、多くの企業が業績悪化に苦しみ、多大な負債を抱えて倒産していった。だが、宗介はその最悪の経済状況を、むしろビジネスチャンスと考え、資金繰りに困っていた中小企業の買収を積極的におこない、いまの『志堂コーポレーション』の土台を築いたのだ。

強引な経営手法を批判されながらも、自ら立案したリスク覚悟のプロジェクトを強引に推し進め、ひたすら頂点を目指して邁進《まんしん》していたころの情熱は、しかし、愛する妻の死とともに、いっぱいに膨《ふく》らんだシャボン玉が弾けるように、呆気《あっけ》なく掻き消えてしまった。

残ったのは、会社と屋敷を往復するだけの、惰性の日々だけ。

「奥様が亡くなられて、旦那様は変わられてしまった」

だが、それほどに愛していたのだ。いまは亡き人を。それを知らない氷室ではないはず。

「情で会社は立ちゆきません。今日の結果も旦那様の無策ゆえ」

恩を盾にとるわけではないが、父がいなければ、こうして『ＩＮＡＭＩ』の秘書として大きな顔をしていることもできなかったのに、それを忘れたかのような態度が気に入らない。

（なぜ？　どうしておまえが、そうまで言う……？）

六歳のときの出会いは、おぼろにだが覚えている。

あの日は、両親の結婚記念日で、家族そろっての外食の帰りだった。

雨が降っていた。夜で視界も悪く、運転手は車の前に飛び出してきたなにかを避けることができなかった。それはボンネットを掠《かす》って、道路に倒れこんだ。

見たとたん、朔耶は大きな野良猫だと思った。

薄汚れてずぶ濡れではあったが、ちゃんと服を着ているし、つんと尖った猫耳もなければ、尻尾《しっぽ》も生えていないのに、六歳の朔耶は、傷ついた少年を猫だと言い張って、拾ってやろうと両親に訴えたのだ。

幸い打ち身程度ですんだのだが、被害者である当人が警察沙汰《ざた》にしないでくれと言い張ったことから、父は、その胡散臭い少年を、当たり屋だと決めつけた。わざと車にぶつかって、治療費をふんだくろうとしたのだろうと。

示談金の五十万も渡せばすむと言う父を、説きふせたのは母だった。

今日は特別な日だからこれもなにかの縁でしょうと。幸せは誰かにおすそわけしてあげなければと——そんな心優しい人だった。

愛する妻の望みとあってはしかたがないと、父は野良猫少年の身元を調査させ、児童擁護施設で育った彼には身寄りがなく、高校に通う余裕もなく、バイトで生計を立てていることを確認し、住み込みの使用人として雇ってくれたのだ。

氷室は一年遅れで高校へと進み、有名国立大学を卒業したのち、当然のように『志堂コーポレーション』に勤め、父の秘書としてなくてはならない存在になった。

この家に迎えてくれた奥様への恩義、教育を施してくれた旦那様への感謝、お二人の大事なお坊ちゃんも、もちろん私の大切なご主人様です——と、それが氷室の口癖だった。

(なのに、どうして……?　おまえにとって、特別なのはお袋だけか?)

氷室がいちばん大事に想っていたのは母だと、それはわかっている。

行き場のなかった少年を引き取ってくれた人――もしかして氷室のなかには、淡い恋心のようなものがあったのかもしれない。だからこそ、その人がいなくなったこの屋敷には用はないと、葬儀の翌日に姿を消したのだろう。

たぶん、そう。母だけが唯一、氷室の特別だったのだ。井波東吾の秘書としての白々しい言葉のなかでさえ、『奥様』と呼んだ声音には、懐かしさが見え隠れしていた。

(それに引き替え、親父に対するこの無情さは……)

氷室でさえこうなら、他の役員達の冷淡さはどれほどのものかと思えば、あまりに父が哀れで、朔耶は無意識にその姿を探して視線を巡らせる。

「親父は、どこだ?」

正式な記者会見がおこなわれると言っていた。その準備に、まだ会社にいるのかもしれない。

「存じません。私も役員会の報告を聞くために、『志堂コーポレーション』本社におもむきましたが、お一人で社を出られたとのことです」

「一人で……?」

「社長室の机の上に、これが置かれておりました」

氷室は、背広の内ポケットから、なんのへんてつもない封筒を取り出した。

「会議の前に書かれたものと思われます。結果を予想されていたのでしょう」

朔耶は封筒を氷室の手から取りあげて、乱暴に封を破る。出てきたのは一枚の紙片。

便箋《びんせん》ですらない。業務用のメモ用紙だろうそれに書かれていたのは、たった一行。

『ふがいない父親ですまない、朔耶。あとを頼む』

筆跡は確かに父のものだが、持ち味であった剛胆さはどこにもない。

力なく掠れた文字が、謝罪の言葉よりなお、憔悴《しょうすい》しきった敗残者の心情を伝えてくる。

「なんだよ、これ？　あとを頼むって、そんなこと言われても……」

まだ二十歳。ようやく成人したばかりの大学生でしかない朔耶に、なにができるというのか。

すがる目で氷室を仰げば、そこに、買収劇を陰から操ったであろう、男の顔がある。

「まずはお支度を。このお屋敷の所有権も、すでに『ＩＮＡＭＩ』に移っております」

こんなときでさえ――いや、こんなときだからこそ、屋敷内に満ちた動揺も、朔耶の戸惑いも、歯牙《しが》にもかけぬ落ち着きはらった漆黒の双眸は、出会いの日の夜空のように冷たく凝《こご》っている。

「屋敷の所有権って……どういうことだ、それは？　ここは私邸だぞ」

「旦那様は、お屋敷はもとより家財いっさいを担保に、会社への融資を受けておられました」

「なに……？」

中小企業ならいざ知らず、『志堂コーポレーション』規模の企業で、社長宅を抵当に入れるなんてよほどのことだ。そこまで追いこまれていたのかと、朔耶はいまさらながら衝撃を受ける。

「社長を解任された以上、旦那様に返済能力はありません。ですので、『ＩＮＡＭＩ』と旦那様のあいだで売買契約を結びました。そのさい、融資額よりお屋敷の評価額のほうが上との判断で、その分の金額を――二千万、お支払いする旨《むね》で、すでに契約書にもサインされました」

「二千万……」

「朔耶さんが大学を卒業して就職されるまで、じゅうぶんに生活していける額だと存じます。旦那様は担保物件であるお屋敷を残すより、あなたの生活をお考えになったのです」

うそだ！　と朔耶は叫びたかった。そんなはずはないと。

曾祖父が建て、母が育ち、朔耶の生まれた家だ。なにより、祖父が守った家だ。

終戦後、国家財政の行き詰まりを打開するため、当時の政府は累進課税による財産税を徴収した。志堂家も例外ではなく、税率はなんと全財産の九〇パーセントにもおよんだのだ。

工場や別荘や土地を手放し、曾祖父の代から収集した書画骨董品《こっとうひん》や家具にいたるまで物納し、それでも唯一、屋敷だけは利息を払って延納した。

志堂家の矜持《きょうじ》の最後の砦《とりで》として、この美しい洋館だけは手放すまいと。

その執念が幸いして、のちの土地価格の高騰《こうとう》により、敷地の一部を売り払うことで、屋敷を失わずにすんだのだ。

だが、敗戦の傷痕を深く残し、一面焼け野原のなかで生きていくのがようやくの時代に、物納された高価な品々の買い手など国内にいるわけもなく。志堂コレクションと呼ばれた美術品の多くもまた、海外に流出してしまっていた。

宗介は、愛する妻のために、残っていた目録を頼りに、そのひとつひとつを探して買い戻したのだ。志堂家の威光を知らしめる屋敷の、建設された当時の姿を取り戻すために。

そこまで尽力した男が、家財を担保に入れ、あまつさえ売却するなどあるだろうか。

「親父がそんなことをするはずはないっ……！」

「旦那様は、しょせんは入り婿。志堂家の誇りを継ぐものではありませんから」

切って捨てるような言いように、朔耶は胸が引き搾られるような虚《むな》しさに襲われた。

「……ずいぶんと冷淡なものだ」

「というより、これはビジネスの話ですから」

それにしても、情けというものを知らなすぎる。

氷室に秘書としての仕事を教えたのは、その父なのだ。だからこそ、『ＩＮＡＭＩ』に就職しても、すぐに社長秘書として頭角を現し、こうしてこの場に立っていられるのに。

「使用人は解雇することになるでしょうが、佐代さんには残っていただきます。あの人がいないと、この家は立ちゆかなくなりますので」

いまの状況を受け止めきれずに茫然としている朔耶を前に、氷室はどこまでも淡々と話を進めていく。

「朔耶さんは、身の回りのものだけまとめてください。部屋を借りる算段等は私がいたします。保証人などについても、親族の方々を頼るというのは、お勧めできかねますので」

「当たり前だ……！　親父を追い出した連中になんか、誰が頼るかっ！」

たとえ路頭に迷おうとも、裏切り者に頭を下げるなど絶対にごめんだと、朔耶は声を張りあげる。だが、それもなんの根拠もない空威張りでしかないが。

力はない——志堂家の名を継ぐ者なのに、この家を守るための力は、なにもないのだ。

「井波社長は、この家をどうするつもりだ？」

「ここを買ったのは、旦那様が少しでも現金をと望まれたから。また、『ＩＮＡＭＩ』としても、前経営者を無一文で放り出すのは体裁が悪いとの判断もありましたので。ただ、今後も保有し続けるかはなんとも。井波社長は合理的な方ですので、いずれ売却という方向になるのでは……」

　ある程度は予想のつく答えだったが、それでも実際に聞けば、心に痛い。

　建築して百年以上もたつ洋館は文化的にも価値のあるものだが、そのまま使い続けるとなれば維持費ははんぱなものではない。売るのがもっともシンプルな解決策だろう。

　そうなれば、屋敷はもとより、家具も、調度品も、絵画も、そして母の愛したアンティークドール達も、どこの誰とも知らない者の手に散っていってしまう。

「……ちゃんとした人が、買ってくれるだろうか？」

「いちばん問題なのは母屋でしょう。このご時世では。いっそ解体して、更地にして切り売りしたほうが利益になるとお考えになるかもしれません」

「そんなっ……！」

　朔耶が考えまいとしていたことを——厳しすぎる現実を、だが、どんなときにも客観的な判断を下す氷室は、きっぱりと告げてくる。

　最先端技術を競うＩＴ業界で成功者となった井波東吾にとって、元伯爵家という名を戴いている屋敷も、ただのボロ屋でしかないのだろう。

「けど、この家は、志堂家の誇りなのにっ……！」

朔耶の思い出のすべてと、祖先からの歴史のすべてが詰まっている館。

「だめ、なのか……。なにもないのか？　この家を守る方法は、ひとつも……？」

まだ無力な学生でしかない自分を、いまほど悔しく思ったことはない。せめて入社していれば、会社に関わっていれば、身内の造反など見逃しはしなかったのにと、うなだれた視界に、ウイングチップの靴先がこつんと入ってきた。

仰げば、氷室は腕を伸ばせば届く位置まで迫っていた。

懐かしい男。

その広い胸にすがりたいほどに、懐かしい男。

なのに、これ以上、触れあうことはできない。再び現れたいま、氷室は朔耶からすべてを奪っていく者でしかないのだから。

「ひとつだけ方法があります。ただ、あなたのプライドをひどく傷つけるかもしれません」

なのに、敵であるはずの男は、再会して初めて、知性と雄志に溢れた双眸を痛ましげに曇らせた。氷室らしくもないその変化が、もしや、と朔耶に期待を抱かせる。

こんなときだからこそ、恩返しをしたいと、言い出すのではないかと。

「プライドがどうのとか言ってる場合か。少しでも可能性があるなら、なんでもする！」

だが、甘い。あまりに、甘すぎる期待だった。

「本当ですか？」

ふと、氷室の口元に、薄い笑みが浮かんだ。

（あれ……？）

見たことのない顔だと思った。知らない顔だと。

ビジネススマイルでもない。朔耶を想いやっての微笑みでもない。なにかひどく邪《よこしま》な下心を隠しているような、狡猾《こうかつ》な笑みに、首筋がざわと粟立《あわだ》った。

離れていた五年になにがあったのか。どうしてこうも、見知らぬ顔ばかりをするのか。

いっしょに暮らしていた日々には、こんな顔は決してしなかったのにと、やるせなさが胸に満ちるほどに、ひどく温度が遠い。

「私から、屋敷を温存する方向で、社長を説得してみます。たとえば社員の保養所にするなり、入館料を取って一般に開放するなり、利用価値がないというわけではありません。レトロブームの昨今ですから、集客はそこそこ見込めるかと」

そして氷室は、いま思いついたというには、やけに現実的な話を振ってくる。

「それなら、朔耶さんもこの家に残れるような形で、お願いできるでしょう」

「俺も残れるのか？」

「ある意味、そのほうが価値があるかと。元伯爵の名を受け継ぐのはあなたなのですから」

「なるほど……そういうことか」

残れるなどとよくも体裁のいいことを言う。ようは、朔耶はこの家の付加価値なのだ。

（惨めなものだ……）

〝斜陽《しゃよう》〟という寂しい言葉で、没落華族の滅亡を描いたのは、太宰《だざい》だった。

時代の流れのなか、新興のものに圧倒されて陽が傾くように落ちていく——そのもの悲しい響きが、現実のものとなって朔耶の胸を哀しみに塞《ふさ》ぐ。

落日を迎え、曾祖父の建てた洋館も、志堂家の名も、時代の流れに呑みこまれ、消えようとしている。すべてが水泡に帰そうとしているのに、でも、朔耶はまだなにもつかんでいない。

(こんな空っぽの手で、どうやって生きていける?)

家を守りたいという気持ちより、母を亡くし、父に捨てられ、会社も屋敷も奪われ、すべてを失ってしまった朔耶自身がよりどころとするものが必要なのだ。

歩いていくために。心を強くして、明日への一歩を踏み出すために。

よろめいても、悔しくても、くずおれたくはないから、家というただひとつのよすがにすがる。

「俺から井波社長に直々にお願いしよう。アポを取ってもらえるだろうか?」

乗っ取りの張本人に頭を下げることになろうとも、いたしかたないと、腹をくくる。

「その必要はありません。すでに社長から、この屋敷に関することは私に一任するとのお言葉をいただいておりますから」

「え?」

「つまり、私の言葉ひとつで、処分されるか存続するかが決まるということです」

「どういう……?」

意味なのか、と朔耶は、怪訝《けげん》に眉を寄せた。

氷室の判断に任せられていたのなら、最初から屋敷は守ると言ってくれればいいものを。わざわざ朔耶に頭を下げさせ、なんでもするからとすがらせたのは、どういうことなのか。

朔耶の戸惑いを表情の変化から見てとって、氷室は今度こそ、形だけではない満足げな笑みを口の端に刻んだ。

瞬間、なにかひどくいやな予感がして、背筋に、ぞっと冷たいものが走った。

いやな目だ。人を見下す不遜な笑みだ。こんなふうに慢心した人間達を、朔耶はいやと言うほど見てきた。矜持よりも金をと、そんな連中は、経済界にはうんざりするほどひしめいている。

だが、支配する者の立場に傲《おご》り、野心を剝《む》き出しにした、肥え太った豚どもと同じ目を、まさか氷室がするとは思ってもいなかった。

「奥様が亡くなる前に、お約束してくださったことを覚えておいでですか？　形見をくださるとおっしゃいました」

「……あ……？」

思い出した。五年前の、あれは、亡くなる一ヶ月ほど前のことだった。もうさきがないと悟った母が、ベッドに伏したまま使用人達を呼んで形見分けをしたのだ。

ひとつだけ、それぞれが望むものをと。そして、氷室が望んだものは……。

「奥様が大事にしておられたアンティークドールを。この屋敷でいちばん美しい人形をと、私はそのとき望みました」

そう。確かにそう言った。妙だなと、朔耶はそのとき思ったのだ。

氷室には、アンティークの収集癖などない。それ以前に物欲というものがない。なのに、なぜビスクドールなど欲しがるのだろうと。

——いいですよ。いちばんきれいなお人形を、あなたにあげましょう。大事にしてね。

母はすっかり細くなった手を氷室の頬に添えて、微笑みながら承諾した。

それは、死に逝く人との約束。

決して違《たが》えてはいけない、約束。

氷室が姿を消したあと、朔耶は佐代といっしょに、いったいどの人形を欲しがったのだろうと調べてみた。が、なにひとつ持ち出された形跡はなかった。

「五年かかりました。ようやくあのとき約束したものを手に入れられる」

白手袋をはめた、氷室の手が伸びてくる。

しなやかな綿布のうちに潜んだ熱を帯びた指先が、朔耶の頤《おとがい》を撫でるように持ち上げる。

「志堂家が所有する、もっとも美しいお人形」

絡めとられた視線のさき、夜の帳《とばり》に包まれたような瞳のなかに、なにとはわからぬ情動の焔《ほむら》が揺れている。肉感的な唇が勝者の笑みを刻んだままうっすらと開き、一段トーンを落とした低音が静かに告げた。

「朔耶さん、あなたをいただきに参りました」

もはや仕える者ではなく、いまこそ主人の座についた男の傲慢《ごうまん》さを存分に滲ませて。

2

ビスクドールは、十九世紀の初めにフランスで生まれた。

語源となった〝ビスキュイ〟は二度焼きという意味で、その素焼き技法で制作された、より人肌に近いソフトな質感の高級磁器の頭部を持つ人形のことを、ビスクドールというのだ。

なかでもＢｅ《べ》ｂｅ《べ》と呼ばれる、五頭身くらいの抱き人形は、上流階級の少女達の遊び相手として、広く世界中で愛されていた。

ペーパーウェイトグラスと呼ばれる、手吹きガラスの瞳。手彩色で施された眉毛、人毛やモヘアのウイッグ。そして、ビスクドールを語る上で忘れることができない衣装。

ドレスはもとより、帽子、靴、アクセサリー、シュミーズやコルセットまで、職人達が腕を競って作った衣装の数々は、百年たったいまも、当時の華麗なファッションとともに縫製技術の確かさを物語っている。

「ああ、変わりませんね。この部屋は本当にあのころのままだ」

五年ぶりで足を踏み入れたいまは亡き夫人の部屋で、あちらこちらから視線を投げかけてくるビスクドールの数々を見回して、氷室はふっと嘆息した。

淡い薔薇模様のシルク織物の壁紙、腰板や柱は木肌にほのかな赤味のある桜材。

視線を上げれば、天井に輝くのは、スズランの束を模した、明治の職人の底力を示す繊細な細工のシャンデリア。

建設当時から当主夫人の居室として、愛らしく居心地よく仕上げられた東向きの部屋は、最後の住人だった朔耶の母の面影のままに、小振りで瀟洒《しょうしゃ》なアンティーク家具に、趣味の良い小物とファブリック、そして人形達とでできた、秘密の花園のような小宇宙だ。

「本当に、人形の位置すら変わっていない」

「佐代が几帳面だからね」

誰よりもこの屋敷を熟知している佐代は、調度品や絵画のわずか一センチほどのずれも見逃さない。窓ガラスに曇りのひとつでも見つけようものなら、自ら掃除用具を持って磨きにいく。

だが、時代は移り、長年仕えていた執事やメイドが老齢を理由に職を辞したいま、志堂家の昔を知っているのも佐代だけになってしまった。

「私を睨《にら》みつけていましたよ。さぞや恩知らずの裏切り者と思われているんでしょう。懐かしくてあれこれ見ていたら、汚い手で触るなと叱《しか》られました」

なぜ白手袋をはめてるのかと思ったが、どうやら佐代に文句を言われたかららしい。

「でも、ここの人形はもっと怖い。まるで監視されているような気がしますね」

「当然だ。どの子も、百年近くも生きてるんだから、魂くらい宿ってもおかしくない」

復刻品のレプリカもビスクドールと呼ばれるが、この部屋にあるのは、十九世紀初頭に制作された、正真正銘のアンティークドールばかりだ。

美しいものをこよなく愛し、人形に関してはトップクラスの目利きだった、母。

その人の『嬉しいわ』の一言のためなら、湯水のごとくの金も、四方八方に広げた人脈も、さらには少々強引な手段でもなんでも使った父は、散逸した志堂コレクションを再現する以上の情熱で、〝志堂夫人の娘達〟と呼ばれる有数のコレクションを短期間で形成したのだ。

なかでも特に母のお気に入りとなった、お宝級の愛娘達がここには住まっている。

精緻《せいち》な象嵌《ぞうがん》で飾られたマホガニーのキャビネットや、優美な曲線のカウチを、当然のこととして占領している由緒正しい人形達の、青や茶のどこか寂しげな瞳は、本当に互いに囁きあっているかのような表情で、氷室の挙動を見つめている。

「この部屋では悪さはするなってことかな、お嬢ちゃん？」

氷室は、ダマスク織りのウイングチェアに抱かれるように座っている、一体の人形に語りかけた。ビスクドールの最高峰、レオン・カシミール・ブリュ作のベベタイプ。きつい瞳にプライドの高さを宿し、それでいてどこか愁いの色を秘めた表情は、孤高の美を感じさせ、ドール好きにとっては垂涎《すいぜん》の的の名品である。

「覚えてます。これは、奥様の手作りの衣装ですね」

人形の衣装を作るのは、ベッドに伏していることの多かった母親の、唯一の楽しみだった。

オリジナルの衣装を温存させるためだけでなく、人形が望むからという理由で。

——女の子なら、新しいドレスを着たいでしょう？

そう言って、手作りの服を着せていた優しい人の姿は、いまも瞼《まぶた》の裏に残っている。

「誰が着替えさせているんですか？」

「俺がやると思うか？」

「いいえ」

くっ、と氷室は喉奥《のどおく》を鳴らした。

「なぜでしょうね？　あなたはそのへんの女よりよほど美しいのに、着せ替え遊びをしてる図は思い浮かばない」

「当たり前だ。これでも二十歳の男だぞ」

「ああ、成人されたのですね。お祝いを言いそびれてしまった」

なにをいまさら、と朔耶は心でなじる。

二十歳になったその日、もしやバースデイカードの一枚でも贈られてくるのではと、わずかな期待を心に忍ばせていた自分が愚かだったのだと、もうすっかり呆《あき》れている。

「世間話をしたくて来たわけじゃないだろう。さっさと本題に入ってくれ」

馴《な》れあってもしかたがない。この男は、朔耶の父を会社から追い出し、いままた歴史ある洋館まで奪おうとしている『ＩＮＡＭＩ』の手先なのだから。

「そうですね。あなたとのあいだに、そんな気安さはもう必要はない」

最後にブロンドの髪を指で撫で梳《す》くと、氷室は人形達に向けていた視線を朔耶に戻す。

「私の人形でいれば、この屋敷にずっと置いておいてあげましょう。でも、人として生きたいなら、ここを出て、志堂の名に縛られることなく、好きなように暮らしなさい」

部屋に入ったときから、わずかに郷愁を帯びていた表情すら、ビジネスライクの義務的なものに切り替えて、抑揚のない口調で、ただ要求だけを淡々と突きつけてくる。

「人形というのは、どういう意味だ？」

「言葉どおりです。志堂朔耶という人形で遊びたいのです。着せ替えごっこを楽しむのも一興というもの」

すいと伸びてきた手が——白手袋をはめた手が、朔耶の頬を撫でる。肌がぞっと粟立つような淫靡《いんび》な動きで。いっしょにすごした九年間、それこそ数えきれないくらい触れあったが、ただの一度もこんな卑猥《ひわい》な手つきはしなかった。

「着せ替えごっこ、だって……？」

二十九にもなった大の男が、なにをか言わんやだ。と、そこまで考えて——あまり愉快ではない考えが、どこからかぽつんと頭のなかに落ちてきた。

（まさか……？）

かすかな戸惑いに揺れた朔耶の瞳に気づいたのだろう。氷室は、それまで完璧につくろっていた、いやみなほどに冷静沈着な秘書の仮面を外し、ある種の情念を剝き出しにした顔で、うっそりと笑んで、朔耶の脳裏に浮かんだ行為を肯定したのだ。

「そう。髪を梳いたり、裸にして身体を拭《ふ》いてやったり、抱き人形にして添い寝をしたり。好きなように弄《もてあそ》ぶ」

端正な顔が発した言葉に、朔耶は耳を疑い、なにかを言い返そうとしたものの。結局、声は喉に絡まって形にはならない。

（それは……閨《ねや》の相手をしろということか……？）

古めかしい言葉が浮かぶのは、お祖父ちゃん子だった朔耶の癖のようなものだ。夜伽《よとぎ》というのだよ、と子供相手にも平気で語る祖父だった。

祖父自身、十二歳のときに、そろそろ女を知っておいたほうがいいと、筆下ろしをお膳立てされたそうだ。まだ遊郭《ゆうかく》のあった時代、最初の相手は花魁《おいらん》だったと威張っていた。

七つかそこらの朔耶に、明確な意味などわかりはしなかったが、元華族のお坊ちゃんだからといって、シモのことは知らないなどということはなく。むしろ、かなりきちんとした性的知識はあると思っている。

蔵に眠っている春画を見つけて、江戸時代の男の性器はこんなに巨大だったのかと、驚きながらも見た記憶がある。あとから、誇張して描かれているのだと知ったときは、穴があったら入りたいほど恥ずかしくなったものだ。ついでに、武家社会における男色の歴史も常識の範囲で知っているし。本棚には三島《みしま》の著作が数冊おさまっている。

だが、目の前の男が求めていることは、朔耶の認識する同性愛とは、ずいぶんと違う。

（人形として弄ぶだって……？）

そこには敬愛も憧憬《どうけい》もない。ただ、朔耶を弄ぶというそれだけの意味しかない。

「なぜ……？」

「べつに意味などありません。そう、あなたは私が知っているなかで、いちばん美しい。それで理由になりませんか？」

ならない。なるわけがない。そんな理由が成り立つのなら、いっしょに暮らしていた九年のあいだに、すでになにかがあったはずだ。

だが、母親の形見にビスクドールを望んだときから、邪な願望を隠し持っていたとしたら。

(俺は……この男のなにを見ていたんだ……?)

兄のような存在だった氷室はいったいどこに消えたのかと、眼前の男の顔にあのころの片鱗《へんりん》を探しても、情欲煌《きら》めかせる瞳も、薄ら寒い笑みも、朔耶には見慣れないものばかりで。

こんなにも人間は、表情ひとつで別人になれるのかと、いっそ感心するほどに。

「俺に、志堂の誇りを捨てろと……?」

ようやくそれだけ絞り出せば、氷室は軽く笑い飛ばす。なにを前時代的なことをと。

「思考回路は昭和で止まったままですか? いまは二十一世紀ですよ。元華族など、歴史の教科書の片隅でしかお目にかかれない呼称を後生大事にありがたがっている、時代錯誤もはなはだしいその無駄に高いプライドこそ、滑稽《こっけい》だと思いませんか?」

まるで、わざと怒りを煽《あお》ろうとしているかのような辛辣《しんらつ》な言葉の数々が、朔耶から一瞬にして理性を奪っていく。

「伝統を尊ぶことのどこが滑稽だ? トレンドがどうだ、エンタメがどうだと企業の言葉に踊らされ、もっと新しいものを求め、次から次へと手に入れては捨てていく。熱狂のあとに残るのは、せいぜいがゴミの山だ。そんな時代だからこそ、変わらぬものが必要だとは思わないか?」

「その変わらないものさえ、すでに流行の波に呑まれている。アンティークドールがなぜ何百万もの値で取引されるのか？　それもレトロブームでしょう。あなたがお大事にしている伝統など、ネットオークションで売り買いされる商品でしかない」

「そうやって、『INAMI』に買われたか、心までっ！」

乗せられている。それがわかっているのに、抑えきれない憤りが、口から飛び出していく。

（どこに消えた。俺が知っている氷室は……？）

知らぬ間に探している。どこかにいる懐かしい男を。

人の心のありようが、持って生まれた魂が、たった五年で変わってしまうはずがない。

「あなたこそ、この屋敷に買われたも同然。虜囚《りょしゅう》のようなもの」

だが、そう信じたい朔耶に、氷室は、さらにつらいことを平気でぶつけてくる。

「どれほど自由を与えられていても、鳥籠《とりかご》に舞い戻ってくるカナリアのようなものだ。百年の安寧のなかで怠惰に慣れきって、飛ぶ方法すら忘れた哀れなカナリア」

「言うなっ！」

「図星を指されて、悔しいですか？　いやなら捨てればいい。いまこそ本当にあなたは自由になれるんです。後始末は私がしてさしあげます。柱一本残らないほど、粉々に！」

「黙れと言ってるっ……！」

バシッ、と響いた殴打音とともに、右手に走った衝撃。

煽られて、乗せられて、朔耶は自分が氷室の頰を打ったことに気がついた。

初めて……初めて、氷室に手を上げた。

力を振るうだけの暴君にはなるなと、それは祖父から与えられた訓戒だった。

ノーブレス・オブリージュ――フランスの格言で〝貴族の義務〟を意味する。

高貴な生まれの者は社会に貢献する責務を負う。他人の模範となる振る舞いをせよと、自らを律せよと、私欲に流されるなと、謙虚であれと、深い皺《しわ》を刻んだ手で朔耶の頭を撫でながら、明治から平成までの変遷《へんせん》をその目で見てきた祖父は、教え諭《さと》してくれた。

優しくあれ、と。

今日のこのときまで自戒として刻んできたそれすら、暴言で引き裂いた男を打った手のひらよりも、衝動を御しきれなかった心がなお痛くて、朔耶は握った拳を力なく落とす。

「どうやら商談は決裂のようですね」

氷室は、張られた頬を拭《ぬぐ》いもせずに、平然とそう告げた。

「では、荷物をまとめてください。あとのことはご心配なく」

それだけ言い置いて踵《きびす》を返した氷室の腕を、とっさに「待て！」と朔耶はつかんだ。

引き止めて、どうしようというのか。自分はなにを言おうとしているのか。

「まだ、なにか？」

冷めた視線を送ってくる男に。温度のない声を響かせる男に。

この屋敷を守るというそれだけではなく、きっとまだ希望はあると信じたくて。どこかに、あの氷室はいるのだと思いたくて、朔耶は最後の賭《か》けに出た。

「……おまえの人形になろう」

瞬間、硬質なレンズの奥で、わずかに氷室は目を瞠《みは》った。

「たかがこんな家のために、そこまで身を落としますか？」

「俺に残ったすべてだ」

「バカな人……」

呆れたように吐き捨てた男が、ほんの刹那《せつな》、痛いような表情をした。すぐに冷笑の下に消えたそれがなにを意味していたのか、朔耶には知りようもないけれど、氷室が痛いと自分がつらいのだと、そのときに知った。恩知らずとなじる胸のうちに、まだ、あたたかい想いをくれた男への情は残っているのだ。

「選んでしまったら、もう取り消せませんよ」

「お袋が愛した人形達まで売られてしまうくらいなら、この身体を人形にしたほうがましだ」

もういないその人への思い出が――二人ともに心に残しているそれが、氷室をあのころへ戻してくれないだろうかとの朔耶の期待すら、でも、氷室は残酷に切り裂いてしまう。

「では、いまここで、契約の誓いをしてください。ビスクドール達を証人として」

「ここで……？」

周囲へと視線を流せば、まるで朔耶の出方を見極めようとしてるかのような、ガラスの瞳にかちあう。固定された瞳のステーショナリ・アイ、瞼が下りるスリーピング・アイ、横に動くフラーティング・アイ。色も形も仕様も様々な瞳は、長い睫毛《まつげ》に縁取られ、どれもまるで命を宿しているかのように、シャンデリアの光を映して輝いている。

「なにを、しろと……？」

自分の答えを待っている人形達の視線に恐れすら感じて、朔耶は、ごくりと息を呑む。

「なにも。人形は動かないし、口も利かない。すべて私に任せてください」

それなら勝手にしろと朔耶は手を下ろす。たとえば上着ひとつ羽織るにも、佐代の手を借りるのが当たり前の朔耶にとって、ただ突っ立っていればいいだけのことは、存外たやすい。

白手袋をはめたままの手で、氷室は朔耶のシャツのボタンをひとつひとつ外していく。肌に触れてくる、綿布の感触が奇妙にむずがゆい。

「可愛い可愛い、お人形さん。黙って私に遊ばれていなさい」

歌うように囁きかける、甘やかな低音。

ゆるりと動く指先は、胸元の小さな粒の周囲を撫でながら、その輪を狭めていく。

「小さな乳首。人形にこんなものをつけるとは。それも男の子なのに」

まだ柔らかく弾力のあるそれの片方を摘《つま》み、もう片方は押し潰《つぶ》し、その質感を、指先と目で楽しんでいる。眼鏡の奥に光る、ビスクドールの瞳よりさらに謎めいた双眸のなかに、どんな感情が隠されているのか朔耶には知りようもないが、そうすることの意図はすぐに身体が気づいた。

「……っ……？」

徐々に凝《しこ》ってきた粒は、指の腹で散々に潰されたあと、ぴんと弾むように立ち上がり、くすぐったいような、痺《しび》れるような焦《じ》れるような、言葉にしようのない疼《うず》きをもたらしてくる。

「堅くなってきた。乳首も立つんですね」

男には必要もない、ただのお飾りの乳首が、でも、うなじや、手の甲や、身体の中枢のひどく感じやすい場所に、うずうずとさざめくような波動を送っている。

「いまさらですが、白旗を揚げてもかまいませんよ。落城を覚悟した者への同情心くらいは、持ちあわせていますから」

こりこりと転がす指はそのままに、本当にいまさらの戯言《ざれごと》を耳朶《じだ》に囁きかけてくる男に、朔耶は目だけで、抜かせ！　と返す。

肌を撫でさする白手袋の指は、不快なだけではすまない感覚を、ひとつひとつ暴いていくけど、そんなものに屈するほどヤワな精神ではないとの自負はある。降参しろとほのめかされたくらいでホールドアップするくらいなら、乳首を摘まれたところで、さっさと逃げ出している。

（誰が、負けを認めたりするものか！）

五年前まで、確かに自分に仕えていた男の豹変ぶりが憎たらしくて、意地を張っているだけなのかもしれない。祖父譲りの頑固さで、やせ我慢をしているだけなのかもしれない。

けれど、それがなければ、もう朔耶は、志堂朔耶ではありえないのだ。

「本当に意地っ張りな人だ。では、その矜持、最後まで貫いてください。もう戦線離脱は許しませんよ」

氷室は傲然と宣言すると、すっかり堅くなったふたつの飾りを、ぎゅっと抓《つね》った。

ちりっ、と肌を刺すような刺激を、朔耶は奥歯を噛んで耐える。

痛みなのに、痛みではない。それは、ひどく危ういなにかを秘めている。もしかして、自分の脆《もろ》さをさらけ出す結果になるかもしれないと、気づいたところで、もはやあとはない。

「私には収集癖などありませんが、ドールコレクターの気持ちが少々わかります。これほどの名品がどこにあるでしょう」

そうして氷室は、うそ臭い声で、芝居めいた語調で、本格的にお人形遊びを開始したのだ。

元華族の末裔《まつえい》という、稀《まれ》なる価値を有した玩具《おもちゃ》を使って。

「ボディはコンポジションが普通だが、この身体におが屑《くず》が詰まっているとはとうてい思えない。オールビスクですね。抱き人形にするには重いが、肌触りは最高だ」

コンポジションボディとは、おが屑、砂、石灰、ニカワなどを練り固めて作られたもので、ビスクドールの主流であるが、それとは明らかに違う肌触りを楽しむと言いながら、まるで高価な人形を吟味《ぎんみ》する美術商のように、氷室は手袋さえ外そうとしない。

他のなにより、それがひどく腹立たしい。

この屋敷に関することは一任すると言われたものの、しょせんは『INAMI』からのあずかりものにすぎない。だから直には触れないと、つまりはそういうことなのかもしれない。

「二度焼きのビスクよりもさらに滑らかで、しなやかで、ぬくもりや鼓動さえも感じられる」

だから、いちいちコレクター気取りの蘊蓄《うんちく》を垂れる。

(人間なんだから当然だ。体温も脈もなければゾンビだろう)

心でツッコミ入れて少々溜飲《りゅういん》を下げたところで、圧倒的に不利な状況が変わるわけではない。

「では、ボディのジョイント部をチェックさせてもらいます」

ベルトを外しはじめたのを見て、本気なのかと、さすがに朔耶は緊張に身を引きしめた。

「ボディと足の接合部——股関節がどうなっているかの確認が重要ですので」

ファスナーの音がやけに大きく耳に届く。スラックスを太腿《ふともも》まで下ろすと、氷室の手は、さらに白のボクサーパンツを、ゆっくりとずり下ろしていく。

「ふ……。美しい外見にふさわしく、可愛い男の子の象徴までついている。これほど精緻なアンティークドールは、世界のどこにもないでしょう」

本当に人形を検分するように、朔耶の前に跪《ひざまず》いて、恥ずかしい場所を覗きこんでくる男の吐息が下生えを揺らして、ぶるりと下肢が悪寒とも快感とも知れぬなにかに震えた。

「これもビスクですか？　でも、この柔らかさは、むしろセルロイドのような。そう、キューピー人形のようだ」

天使の羽根を持つ小さな人形になぞらえられて、いったいこの恐ろしく醜悪な芝居はいつまで続くのかと、朔耶は戦慄《せんりつ》する。これならいっそ、奴隷《どれい》のように尻を差し出せと命じられたほうがましだ。乱暴に貫かれて苦痛だけを与えられるなら、まだ、きっぱりと憎むこともできる。

だが、どこまでも人形遊びに興じる男の、壊れものをあつかうような丁寧すぎる言葉と所作は決して不快ではない分だけ、よけいに朔耶の矜持を踏みにじる。

（この変質者が……！）

白い手袋に性器を摘まれた瞬間、あまりの怖気《おぞけ》に肌がざわりと総毛立った。

けれど、朔耶もまた二十歳の成人男子で、祖父のように筆下ろしを儀式のようにしたわけではないが、メイドに手ほどきを受けてそこそこに経験もしたから、快感の意味も知っている。

なのに、いま、根本から先端まで感触を味わうように、ゆるりと揉《も》みたてていく手の執拗で卑猥な動きは、それまで知っていたどんな技巧をも上回って、朔耶の中枢に官能の火種を熾《おこ》す。

淡い茂りのなか、熱を持ち、脈動し、緩やかに頭をもたげているものを目にし、すべての血管が沸きたつような恥辱に襲われる。

「ああ、ストイックな衣装の下で、こんなふうに勃《た》たせて。いけないお人形さんですね」

揶揄《やゆ》とともに敏感な亀頭《きとう》部を指先でぴんと弾かれ、「ひっ……！」と、なんだかひどく甘ったるい悲鳴が飛び出してしまった。

それを捉《とら》えて、氷室はさらに辱《はずかし》めのネタにする。

「これはどうやら、おしゃべり人形らしい。どこを押さえれば、声が出るのかな？」

必死に唇を嚙みしめても、熱をはらんだ吐息はわずかな隙間から漏れ出て、淫らな喘《あえ》ぎを撒《ま》き散らしていく。同性のほうが感じる部分を知っているから、いいという話は聞いたことがあるが、それにともなう嫌悪と相殺されるものかと思っていたのに、このあさましい反応はいったいなんなのだと、おのれをこそ恥じて、朔耶は不快なものから逃れるように視線を逸《そ》らした。

そのさきにある、いくつもの瞳——青や緑や茶色の、精巧なペーパーウェイトグラスアイ。

（俺を、見ている……）

開かれたシャツの前から色づいた乳首を覗かせ、足首にスラックスと下着を絡みつかせただらしない姿で、跪く男の愛撫を受けているこの惨めな姿を。百年の時をへて魂を宿したアンティー

クドール達が、チェストの上から、飾り棚のなかから、また、ソファに並んで。

元華族の名を持つ家の末裔にふさわしい者かどうか、値踏みしている。そしてまた、優しい手の夫人がいなくなってもなお、変わらず続いてきた日々を守るために、どれだけの犠牲《ぎせい》を払えるかと、監視している。

(見るなっ……!)

いたいけな少女達の姿をしながら、この破廉恥《はれんち》きわまりない醜態に臆することもなく、人間はなんて無様な生きものなのかしら、と言いたげに。

たとえ人形であろうと周囲から注がれる視線を感じれば、さらに羞恥は高まり、朔耶の心を脆くしていく。その変化を感じとったのか、氷室の手も新たな獲物を狙い、根本の袋にまで下りて、なかに含んだ精を攪拌《かくはん》するかのように、たぷたぷと揉みしだき、そうかと思うと、再び茎を迫り上がり、鋭敏すぎる先端へ執拗な攻撃を仕掛けてくる。

「……く…、ああっ……!」

熱を帯びた屹立《きつりつ》の小さな孔《あな》から、じわっとなにかが滲み出していくのを感じて、きつく閉じた眦《まなじり》に悔し涙が浮かぶ。

(ああ……、どうして、こんな……?)

いとも簡単に身体に裏切られ、朔耶は絶望と驚愕《きょうがく》に目を瞠る。そんなバカなと、どれほど否定しても、息荒く乱れていく身体は、意志を無視して体温を上げていく。

「おや、これはなんでしょう? とろとろの蜜が溢れてきた。どこかにタンクでも隠してあって、ここを揉みほぐすと滲み出るようになってるのかな？」

どこまでも人形あつかいを続ける男は、露《つゆ》を浮かべた性器を引っ張ったり、先端の孔をぐりぐりと撫でたり、こうだろうかああだろうかと散々に弄《いじ》くり回す。そうやって、無理やり搾り出された粘りけのある液体が、茎にまで垂れていくのがわかってしまって、決して流されまいと必死に張りつめていた緊張の糸が、ぷつりと切れた。

「もう、やめろ……！」

口をついて出た、拒絶の言葉。

氷室は、だが、それをこそ望んでいたかのように、片手を朔耶の双丘へと這《は》わせていく。

その奥に隠された秘部までも、検分するつもりなのだ。

「……ッ…！　いやだっ……!?」

瞬間、ざわりと背筋が震え、こらえきれない叫びが飛び出していく。

「そうか、ここを弄ると声を出すんですね。それじゃあ、もっと試してみましょう」

湿った布に包まれた指先が、目覚めのノックでもするように、慎ましく閉ざされていた場所をつんつんと突っつき、そしてまた、周囲の柔肌をやんわりと撫で回す。

そのたびに、全身を悪寒だけではない痺れが駆け抜け――それはもっと淫靡で、妖艶《ようえん》で、官能的ななにかのような気がして。でも、そんなはずはないと、朔耶は散らかった理性を必死に掻き集めようとする。

きっと御せるはずだと思うそばから、ひときわぎゅっと強く握られ、突発的な悲鳴とともに取

り戻しかけていたわずかな思考力さえ一気に霧散していく
「おや、握りすぎると悲鳴をあげるんですね。なかなかどうして凝《こ》った作りだ。可哀想に痛かったね。じゃあ、嘗《な》めてあげよう」

嘗めてあげる……って？　最後の言葉の意味をはかりかねていたところに、大事なものがぬるりとした感触に包まれて、朔耶は何事がおきたのかと、とっさに視線を落としてしまった。

そして見た。必死に見ることを拒んでいた行為を。

朔耶の股間に唇を寄せて、上目遣いに朔耶を仰ぎ見る男の、楽しげな顔を。

肉感的な唇のなか、うねうねと蠢《うごめ》く舌が一個の生きもののように、朔耶の性器に絡みついては、ぴしゃぴしゃと濡れそぼった音をたてている。

（うそだ……！）

自分の見ているものが信じられない。氷室の唇があんなものを味わっている。先端から滲み出る蜜を美味しそうに嘗めとったかと思うと、じわじわと頭を落として、人並みのサイズはあるはず――と朔耶自身は思っている屹立を呑みこんでいく。

「や……やめろっ……！」

必死の我慢も限界だった。考えるよりさきに手が伸びて、氷室の髪をつかむ。

なんとか引き剝《は》がそうと両手の指を、きっちりと撫でつけられた房のあいだに割りこませ、ぐしゃぐしゃと掻き回すが、それでも力強い男の身体はびくともしない。どころか、根本まですっかり口腔《こうこう》におさめてしまうと、頰の筋肉をきゅうっと窄《すぼ》めて、巧みな舌技で刺激してくる。

熱い粘膜の強靭《きょうじん》なうねりに翻弄《ほんろう》され、朔耶の性器はどくどくと脈動を速めて育っていく。
（なんで、全部、咥《くわ》えられる……!?）
いちばんの驚きどころはそこかと、自問自答し、それもまた想像外のできごとにパニクってい
るからだと放り投げ。朔耶の意志を無視するように勝手に高まっていく身体を落ち着かせようと、
浅く、深く、胸を上下させれば、なんだかやけに甘ったるい吐息ばかりがこぼれ出てきて、かえ
って戸惑いはひどくなるばかりだ。
屈辱《くつじょく》と、驚愕と、それを上回る快感に、下半身の力が抜けて、立っていることさえおぼつか
なくなった身体を支えるためにか、背後に回された手にいっそう力がこもったと思ったとたん、
内部になにかひどく奇妙な異物感を覚えた。
それが、小さな入り口を割って入りこんできた氷室の指だと気づいたとたん、沸点を超えた恥
辱の炎は、白いビスクの肌を朱の色へと染めあげていく。
わずかに身体を前屈《まえかが》みにしながら不安定な足で絨毯を踏みしめてはいるものの、いまにもくず
おれそうな不安に、朔耶は必死に訴える。
「だ…ダメだ、それは……もうっ……！」
だが、どんな命令も氷室は聞かない。それは人形に埋めこまれたボイス機能が発する、お決ま
りの言葉でしかないのだから。『マンマ、マンマ』としゃべるミルク飲み人形と同じこと。
（なんて、最低の男……！）
わずかでも情があれば、亡き母の部屋で、こんな卑劣なまねなどできるはずがない。

これは、氷室の言葉どおり、ただの〝お人形遊び〟でしかないのだ。

楽しんでいるだけ。弄んでいるだけ。かつての主人だった者を、逆転した立場を利用して、どこまでも人形あつかいして貶める。そんな下卑《げび》た遊びにしかすぎない。

いつからこんな男になったのだと、口惜しさにギッと睨みつけても、返ってくるのは楽しげな薄ら笑いだけだ。

「ああ、いい目だ。そうやって睨まれると、もっと虐《いじ》めたくなりますね」

ぐぐっ、と入り口の柔襞《やわひだ》が開かれたと思うと、節の太い、がっしりした男の指が、一気に奥まで刺さってくる。唐突に襲ってきた圧迫感を、唇を噛んで耐える。

「さて、この程度では、しゃべってくれないのか。では、これでは？」

どこまでも淡々と朔耶の機能を調べるという名目で、氷室の指は狭隘《きょうあい》な場所に身を置いたまま、ダンスでも踊るように大きく輪を描いた。

身のうちを無理やり広げられる感覚に、朔耶は、ひゅっと声にならない悲鳴を漏らす。

秘肉のなかをくすぐり蠢く強靭でいながら器用な指が、ある一点を擦った瞬間、ひどく直截《ちょくさい》な刺激を感じて、ぶるっと腰が弾けた。

「……ひ……、ああっ……!?」

それまで知らなかった衝撃に、思わず悲鳴があがる。

指一本程度の痛みなら耐えられるはずなのに。でも、そこに確かに存在する苦痛以外のなにかが、朔耶の誇りをまたひとつ傷つける。

「おや、どうやら前立腺まであるらしい」

あって当然だ。男はそこで感じるのだと、朔耶だって知識として知ってはいたが、まさか、これほど鋭敏で脆い場所だったとは。

「さて、どこだったか？　教えてくれたりはしないんでしょうね？」

探るように指を蠢かされると、擦《こす》られるたびにぴりっと刺激の走る部分がある。

それを知られてしまうと本当にとてもまずいことになるのだけはわかるから、必死にこらえようとしているのに、意志ではどうやっても止めようもない内壁の本能的な反応で、氷室はそのありかに気づいてしまったらしい。

「ああ、ここですね。なにかコリコリしてる」

そして、ついにその場所を暴き出した指先が、ただ一点だけを執拗に擦りはじめた。

柔らかな粘膜のなかの凝った部分を指の腹で擦られたとたん、まだかすかだった官能の熾《お》き火が一気に苛烈な業火となって、全身の産毛を焼きつくしながら嘗めあがり、到達したそのさきで熱を帯びた悲鳴となって飛び出していく。

「ひっ……んんっ――……!?」

肌は火照《ほて》り、鼓動は乱れ、髪の一本までも、びりびりと痺れて身悶《みもだ》えたような気がした。

（ウソだ…っ……?）

あんな場所に男の指を咥えて悦《よろこ》んでいる、感じている、腰を振ってよがっている。

惨めなだけの事実を認めたくなくて、必死に違うと言い聞かせるが、どうやって誤魔化そうとも、肌をさざめかせているのは、身体の深淵《しんえん》から湧きあがってくる官能の波頭でしかない。

その刺激は、直に性器へと送りこまれ、見る間に質量を増し、熱く漲《みなぎ》らせる。

「私の可愛いお人形さん。こんなあさましい反応をされては、なんでもしてあげたくなってしまう。うんと掻き回して、なかで開いて…」

そして、氷室は言葉どおりにしたのだ。

大切な人形を傷つけぬようにと蠢く指は、決して乱暴ではないのに容赦もない。それぞれが勝手に動き回り、伸びたりくねったりしながら、内部の感じやすい場所を暴いていく。

同時に、嵩《かさ》を増した性器を再び熱い口腔へと迎え入れ、激しく頭を前後させて刺激したかと思うと、すべてを出せと言わんばかりに、頬や顎を使ってきつく吸い、朔耶を翻弄し続ける。

「あっ……あ……」

切れ切れの吐息は、自分のものとはとうてい思えぬ媚《こ》びた喘ぎでしかなく。

(こんな、女のような声を……)

自分が出しているのかと思えば、いっそ一物を食いちぎられたほうがましだと、残酷な口淫を続ける男の髪にかけたままの手に力を込める。それを剝がそうとしているのか、引き寄せているのかさえ、もうわからない。ただ、ひどく淫靡ななにかが、身のうちで叫んでいる。

(ああ……イクっ……!)

中枢から迫りあがってきた放出感が、ぶるぶるとみっともないほどに下肢を痙攣《けいれん》させた。

「……く……、あぁぁ…っ——…!」

絶頂への階段を一気に駆け昇《のぼ》り、濡れた嬌声をあげながら到達した恍惚《こうこつ》の瞬間、朔耶はもはや耐える力もなく、氷室の口のなかへと自らの精を放っていた。

喉仏を動かしてそれを嚥下《えんか》した男が、ぺろりと唇を嘗めながら、朔耶を見上げている。

「はっ…はあっ……」

絶頂の余韻に荒ぐ息をそのままに茫然と見つめるさき、唇の端から流れ落ちていく一筋を白手袋の甲でぐいと拭って、氷室は何事もなかったかのように立ち上がる。一方で、支えを失った朔耶の身体は、がくりと砕けてその場にくずおれてしまう。

(俺は……いったいなにをした……？)

まだ震えを残したままの両足と両手のひらを、毛足の長い絨毯にぺったりと埋めて、朔耶は唖然と自らに問いかける。

乳首を弄られ、男の口で愛撫され、身のうちを擦られて、達してしまった。

あまつさえ、こらえきれずに吐精したものを、すべて余さず氷室に飲まれてしまった。

「これでは逆ですね。ミルク飲み人形はあなたのはずなのに。もっとも、そのうちたっぷり飲んでもらいますが。いまはここまでにしておきましょう。部屋を汚しては佐代さんに叱られる。あの人は苦手です」

言いつつ、氷室は、朔耶の精で濡れてしまった手袋をようやく外す。なかから現れた、骨太の男らしい指に、否応なしに視線が吸い寄せられる。

以前、それは朔耶の頭を撫でてくれるものだった。その感触をいまも覚えているから、こうして辱めを受けたあとでも、まだなにかを期待してしまう。

やりすぎましたと、これで終わりにしましょうと、もしや言ってくれるのではないかと、どこまでも甘い朔耶をなぶるように、氷室は告げた。

「しばらくはなにかと忙しい。また連絡します。続きはあなたの部屋で」

まだ終わりではないのだと。すべては始まったばかりなのだと。

「逃げたければ、お逃げなさい」

その結果がどうなるかを思い知らせるように、氷室は、いまは亡き人が愛した人形達をゆるりと見回し、残酷な宣言を突きつけてくる。

「あなたが姿をくらませば、この部屋の可愛い子達も皆、散り散りになっていくだけのこと」


都内には珍しく、星々の瞬《また》きを散らした群青の夜空のもと。志堂の屋敷は人々の思惑など知らぬげに、百二十年ものあいだ、変わることのない穏やかな微睡《まどろ》みのなかにいた。

もともとは外国からの賓客《ひんきゃく》などを招くための別邸として建てられたもので。決して壮大というようなスケールではないが、晩年の域に入っていた英国人建築家が、親交のあった当主のために掌中《しょうちゅう》の珠《たま》のように丹精した館は、代を替えても愛され続け、大正の大震災にも倒れず、昭和の大空襲からも奇跡的に逃れて、いまもなおここにある。

その身に、人々の夢を、愛を、涙を、喜びを——そして言葉にできぬ様々な感情を抱いて。

ただそこに、静かにあるだけだ。

（いつまで続くんだ、このふざけた戯《たわむ》れは……？）

瞳を薄く覆う水気のせいで、ぼんやりとかすむ天井を仰ぎながら、朔耶は心で呟《つぶや》いた。

玄関からも使用人部屋からも遠く、落ち着いて勉強するには最適という理由で、東西に長い館の二階の端、続きの二間を朔耶は自室として使っていた。

勉強部屋とドア一枚で繋《つな》がる寝室の、西向きの張り出し窓からは、この季節、樹齢数百年の大杉の真上に、ペガサス座の大四辺形の輝きが見えるはずだが。いまは厚みのあるゴブラン織りのカーテンがぴったりと閉じられ、外界から遮断された空気は室内に重くよどんでいる。

十時を回ったころ氷室から連絡が入り、これから契約を遂行していただくと、義務的な声で告げられ。シャワーを浴びて待っていたのだが、三十分もせずに姿を現した男は、挨拶《あいさつ》もそこそこに朔耶の身体をシーツの上に引き倒した。

いまは唯一身を覆っていたバスローブも奪われて、まさにビスクのごとき肌にうっすらと汗を浮かべ、灯りの下に惜しげもなくさらしている。

五つの雫《しずく》型のランプを円形に配したレトロな照明が放つ黄味を帯びた光は柔らかく、心をあためてくれるものだとばかり思っていたのに。囚われの身になった朔耶の目には、濃紺の壁紙に落ちる家具の影までが、禍々《まがまが》しく映る。

ゴシック調のオークのチェストに座っているアンティークドールの、目元のあたりが陰っているのは、困惑からだろうか、それとも嘲笑《ちょうしょう》だろうか。

夜気の静けさに包まれた部屋で繰り広げられる饗宴《きょうえん》は、華やかなりし時代を彷彿《ほうふつ》とさせるものとは、あまりに違う。

四隅に柱をすえて透かし彫りの横木を渡した、中世の城から運んできたようなベッドの上。朔耶の太腿を跨《また》ぐような形で、氷室は朔耶の身体を押さえこんでいる。ウエイトの差があるだけに、そうなればもう身動きひとつままならない。一方的に与えられる快感という名の屈辱を少しでもやりすごそうと、顔を左右に振るのが精一杯だ。

痛いほどに吸われた鬱血《うっけつ》の痕が、肌のあちこちに花弁のように散らばって。散々にいたぶられてまっ赤に熟した乳首は、痺れるような疼きを残したまま、荒い息に上下する胸元でつんと天井を向いたまま揺れている。

下肢に目を転じれば、淡い茂りのなかに勃ち上がった性器が見える。氷室の唾液と自らが滲ませた先走りでぬらぬらと濡れそぼち、卑猥な色を刻んで絶頂の瞬間を待ちわびている。

どこもかしこも、硬質なレンズ越しに投げかけられる鋭い視線に射抜かれて、恥辱の色に染まっているのに、氷室自身はネクタイひとつ緩めず、リムレス眼鏡もそのままに、手には新しい白手袋をはめて、朔耶の肌を撫で回している。

もとより人形遊びという建前がある以上、灯りを消す気もなければ、自ら服を乱すつもりもないらしい。

「気に入りましたよ。ここまで見事に人間の形を模した人形は、世界にふたつとないでしょう。

機械仕掛けの精巧さも、目を瞠るほどだ」

相変わらず、口を開けば芝居がかった言葉が飛び出して、朔耶を憂鬱《ゆううつ》にさせる。

あずかりものの人形を愛《め》でるがごとき愛撫は、否応なしに官能を引っ張り出していくけど。息は乱れ、唇からはひっきりなしに、氷室が言うところのおしゃべり人形の喘ぎがこぼれていくけど、そうして身体が熱を帯びれば帯びるほど、心は冷めていく。

これが氷室の本性なのだと、認めざるをえなくなってしまうから。

どこかにいるはずの——いると信じていた男がどうにも見つけられなくて。目に映るのは、志堂の家のすべてを奪って、いまは退廃的な遊びに興じる『ＩＮＡＭＩ』の秘書でしかなく。

それが、朔耶にはつらくて、やるせない。

「でも、そう乳首はもう少し大きいほうが好みですね。色も、もっと赤いほうがいい」

まるで品定めをするかのように、ひとつひとつを指で探られ、引っ張ったり、押し潰したりされると、自分が本当に一体の人形になったような気がしてくる。

「毎日、弄っていれば、人間のように自然に大きくなるのかもしれない。私もそうそう暇ではないが、あなたをより美しくするためなら、手をかけるのは惜しみません」

嘲笑の形に笑んだ唇が、痛いほどに感じやすくなった尖りに落ちて、ちゅっと音をたてて吸いあげる。前屈みになった分だけ氷室が中腰になったことで、ようやく体重から解放されたのもつかの間、今度はわずかに浮いた腰とシーツのあいだに指を捻《ね》じこまれて、散々に弄られた秘孔を中指一本でさらになぶられる。

柔襞のひとつひとつを暴き、周囲の皮膚は他の指でくすぐりながら、じわりと押し入っては引いてと、意地悪な遊びを続けること五分ほど。

「くっ……あぁぁ…！　も、やめっ……！」

そのなかにある一点に与えられる、痺れるような刺激だけはどうにも我慢ができなくて、反射的に声が出てしまった。

「ふふ……、本当にいい声で鳴く」

ひずんだ笑いがおこすささやかな吐息にさえも感じて、胸元がぴくと上下すれば、目ざとくそれを見つけた男の舌先がいやらしい形に膨れた乳首を、ちろりとねぶる。そのもどかしいようなくすぐったさに、強張《こわば》っていた身体がふっと弛緩する。

その一瞬を狙いすましたように、入り口付近で遊んでいた人さし指まで引き連れて、ぐいと奥まで入ってくる。

「……っああ……!?」

一気に現実が、異物感と圧迫感となって押し寄せてくる。

朔耶のなかでVの字に開いたり、いっぱいに回転させたり、それぞれ勝手に動いて粘膜をなぶる二本の指が、まとった粘液を見せつけるようにわざとらしく出入りしながら、ネチャネチャと淫靡な音を響かせている。

「いい音ですね。こんなに開いて、ひくついて、私の指を咥えこもうとしてる。なんて慎みのない、お人形さんだろう」

「……っ……、ふ…うんっ……！」

手の甲を必死に口元に当ててこらえても、どうしても漏れてしまう声が、どんどん甘ったるく媚びていくのが、朔耶をたまらなくさせる。

「それにどうやら、前は男の子なのに後ろは女の子の仕様らしい。なかを弄って、粘膜をぐりぐりしてやったほうが、いい声を出す」

鼓膜をくすぐるせっかくの低音が、卑猥な揶揄ばかりを吐き散らすのにも、もううんざりなのに、奥まった場所をぐるぐると掻き回されれば、痙攣する腰がシーツを叩《たた》くように跳ねる。

「困ったな。そんなに腰を揺らされると、こちらの理性が飛びそうだ。本当にこのお人形さんは、あんまり可愛すぎる。壊したくはないのに、乱暴にしてしまいそうだ」

わざとらしく言って、氷室は、朔耶の両足を肩に担ぐようにして高々と持ち上げた。

「……あっ……!?」

浮いた腰の隙間に枕を押しこまれ、固定されてしまえば、もう開かれた足のあいだにひくつく秘孔を隠すこともできない。それがどれほど朔耶の屈辱を煽る体勢か、知っていて氷室は、見せつけるように、双丘のあいだの露《あら》わになった柔肌に左右の親指をかけ、きゅっと蕾《つぼみ》を割り開いて、しげしげと覗いてくる。

「や、やめろっ……、見るなぁっ――…！」

視姦される、あんな場所を。

それこそ、赤ん坊のとき、おしめを替えてくれた佐代しか見たことのない場所を。

「なんてきれいなピンクだ。これこそヴァージンの証拠だと、職人が丹精込めて小さな皺まで手彩色で描いたんでしょう」

どこまでも朔耶を貶める男の顔を、本当にもう見たくなくて、たまらず両腕をクロスさせて顔を隠す。だが、勝手をすれば、ちゃんとお仕置きが待っているのだ。

「せめてたっぷり濡らしておきましょうか」

奇妙な言いざまに、なんのことかと思ったとたん、氷室の指を呑みこんでいる場所に、ふっと吐息が掠め、濡れたものが押しあてられた。

「……っ……!?」

あまりに想像外のことに、とっさには身体が動かず、戸惑っている間に、ぴしゃっと淫猥な音が下肢から響いて、それに連動してさらに広がるぬめりで、ようやく我に返る。

(うそ……！　なんで、そんなとこっ……？)

もう好きにしろと開き直ったつもりだった。

なんの力もない朔耶にとって、志堂家の誇りをいまに伝える屋敷を守るために、差し出すものが身体しかないのなら、それはもう選択の余地のないことだと。

元華族の末裔という、めったにないレアもののセックスドールを、成り上がり男の力の誇示《こじ》のために踏みにじりたいのなら勝手にしろと。その程度の男に身体を奪われようと、心まで屈しはしないと割りきったはずなのに。

だが、これはまったく想定外すぎて、朔耶は混乱のなかに落ちこんでいく。

「や……やめ…ろ、そこは……！」

染みこんでくる唾液に内壁が潤みはじめ、その水気を頼りにさらに奥へと指が入ってくる。

辱められ、貶められ、踏みしだかれ、いっそもう早く犯してくれと心から願うほど手練《てだれ》の男の愛撫は、最後に残った朔耶のプライドまでもずたずたに切り裂いていく。

「やわらげないと、傷つきますよ。せっかく手に入れたきれいな人形を壊すのはしのびない」

わずかに唇を離して説明されれば、吐息が吹きつける感覚すら刺激になって、襞がひくついているのがわかってしまう。

「ほら、もっと欲しいって言ってますよ」

濡らすという目的なら、ラブローションでもなんでも使えばいいのに、乾燥の早い唾液で少々嘗めたくらいでは挿入の助けにはなりはしないと思っている間に、身のうちに自分のものではない熱を感じて、朔耶は戦慄さえ覚えて、ひくっと腰を揺らした。

（なかに……入ってる……？）

再び与えられた、濃厚なディープキスのごとき舌遣いに、ぞっと肌が粟立った。

さきほどからの悪戯《いたずら》で、ずくずくと脈打つ秘肉に直に触れる熱とぬめりは、目に映るなにより明確に、そこが氷室の舌によって犯されていることを教えてくれる。体内で蠢く強靭な舌の感触と、くちゅくちゅと響く音は、なかを味わっている証拠なのだ。

挿入の準備ならば、どれほど注ぎ込まなければいけないのか、考えるだけで全身の産毛がぞわっとそそけ立つ。

そして、氷室は想像どおりのことをしたのだ。

せっかく手に入れた美しい人形を傷つけないようにとの理由で、指で押し開いた襞のあいだにさらに深く舌を差し込んで、朔耶が知らなかった奥にまで蜜を流しこんでくる。

そのたびに、ぴしゃぴしゃと響く粘性の高い水音が、朔耶を果ても限界もない羞恥のなかに突き落としていく。

(どうして……こんなことでっ……)

感じてしまうのか？　との疑問も、氷室の舌が与える官能に流されていく。

どうせなら、本当に人形であればよかったのに。なにも感じぬ、ものであればよかったのに。

焼くことで美しさを増すビスクの肌を染め抜いて、さらに磨きをかけようとするかのような熱波に灼かれ、肌も、産毛も、内部もまた朔耶の望みに反して、人としての快感に目覚めていく。

そこは気持ちのいい場所だと丹念に教えこんでくる舌と指遣いに、柔らかく溶けた粘膜が、意志とは無関係の蠕動《ぜんどう》で応えていくのが、ただ悔しくて、やるせない。

それでも、的確な指遣いで敏感な部分をえぐられ、とろかされれば、男の指を含んだままの尻が、みっともないほどびくびくと痙攣する。

「あ……ふっ……んんっ――……」

くそっ、なんてだらしない声だ。

変声期すぎた男が吐息混じりのよがり声を発しているなんて、無様以外のなにものでもない。

もっとも信じていた男に苛《さいな》まれ、おのれの身体に裏切られ、追いあげられる高処《たかみ》は朔耶の意地をくじくほどの甘い官能に満ち満ちていて、それがかえってつらくて泣きたくなる。

瞳を覆ったぬるい水の膜が、生理的なだけではすまない量になってくるのが悔しくて、ただの一粒もこぼすまいと必死に目を見開けば、ぼやけた視界に否応なしに氷室の姿を捉えてしまう。

「そういえば、どこかに涙を流すマリア像というのがありましたね。私の人形は、どんな涙を見せてくれるのか、楽しみだ」

嘲笑を浮かべている表情までは、涙で曇ったせいか定かに捉えることができないのが、せめてもの救いだと自らを慰め、そして心に誓う。

(泣く、ものか……！)

なにがあっても、決して涙など見せてはやらないと。

痛みと衝撃に耐えきれず、溢れてくる涙は、もうどうしようもないが。

官能に乱れ舞い、嗚咽《おえつ》にむせび、肌を恥辱の色に染めながら、はしたないと罵《ののし》る言葉になかを濡らし、もっととねだるようなあさましい生きものにだけは決してなるまいと。恐れる心が、もうそれを予期している証拠なのだとわかるだけに、なおさら胸が軋《きし》む。

でも、今はまだ矜持が勝る。

勝っているから屈しないと、意地で眦をつり上げれば、淫靡な痴態には似合わぬ清廉な表情が宿り、ストイックなそれこそが、むしろ崩してやりたいと思わしめるものなのだが。

「ご存じではないのでしょう。あなたの美はもはや人のものではない」

そうとも知らず、うっかりと男を煽る朔耶に、氷室がうっそりと呟く。

「神が、土から最初の人間、アダムを創ったように。誰かが人形に命を吹きこんで、あなたを創ったのだ。でも、それは錬金術を使ってもなおかなわぬ、人の手にあまる悪魔の業《わざ》。だからあなたは、こんなにも人を惑わし、情欲の虜《とりこ》にさせる、魔力を宿している」

物体でしかないはずの人形が、名工の手で吹きこまれた魂を内包しているのではと、愛玩《あいがん》する者に感じさせるように、完璧なるがゆえに作りものめいて見える朔耶の姿もまた、それと同質の気持ちを見る者に抱かせる。

神の手で、もしくは、悪魔の気まぐれで、この世に生み出された、たった一体の人形だと。

「人を……バケモノのように」

「こんなに美しいバケモノがどこにいます。あなたは人形だ。そこにいるだけで収集家達の心をくすぐる。所有欲を掻きたてる、きれいなきれいなお人形さん」

歌うように囁く氷室の眼鏡に映るのは、でも、惨めなばかりのおのれの姿。

けれど、他人は決してそうは思わない。

冷淡な表情ばかりを見せるその無垢《むく》なる面《おもて》の奥では、凪も吹かせ波も荒げているのではないかと。表面の生硬さは、そうやって鎧《よろ》わなければ抑えられないほどの嵐がうちにあるからだと。ひとたび目を奪われた者に執拗に思いこませるなにかを、自分が滲ませているなどとは、朔耶は知らない。知るよしもない。

ましてや、それが力ずくにでも暴いてみたいという欲求を煽るほどのものだなどと、想像のしようもない。

「これはあなたの罪……美しすぎる、あなたの罪です」

なのに、なにも知らない朔耶に、無知こそ罪だと言わんばかりに氷室はすべての責任を転嫁し、望みを遂げるために埋めこんだ指を引き抜いた。

代わりにあてがわれたものの感触に、ざわりと肌が総毛立つ。見ることをさけていた氷室の一物が、想像以上に巨大な質量と熱を持って、じわじわと押し入ってくる。

身のうちから引き裂かれるような感覚に、一気に全身が緊張し、まだ挿入途中のものを、行くも引くもできないほど、ぎちっと締めつける。

「……くっ……！」

唸《うな》ったのはどちらだったのか？

「緩めなさい……！」

そうすれば楽になるからと命じる声に、ならば力など抜くまいと、朔耶は唇を噛みしめる。

こんな絶望的な状況のときでさえ朔耶のうちなる矜持は、たとえ痛みばかりだとしても、感じさせられるよりはましだと、最後の意地を通そうとする。

「本当に頑固な……。でも、それでこそ、楽しめる……！」

言い捨てた男の手に前をしごかれれば、「あっ、あっ…」と小さな喘ぎとともに、身体がわずかに弛緩する。その一瞬の間に、ぐんと鋭く大きな突きを食らって、内臓までも押し上げるほどの圧迫感が下腹部をいっぱいに満たした。

「う……ぐうっ――…!?」

脳天まで一気に貫く強烈な衝撃を、くぐもった呻《うめ》きに震える喉を仰け反らせて耐える。痛みなどという生半可なものではない。屹立までが、しゅんとうなだれた。

握りこんだ手のひらのなか、汗に湿ったシーツがぐしゃりと皺になる。

裂かれるかもしれないと恐怖すら感じて、じわりといやな汗が噴き出していく。

ばたばたとみっともなく揺れる両足が、涙に潤んだ目に映り、犯されている事実より、あまりにみっともない姿に泣きたくなる。

だが、その灼熱の塊が、さきほど教えられた感じやすいポイントを擦りあげたとたん、苦痛ばかりの場所に、痺れにも似た甘い疼きがじわりと滲み出てきて、朔耶を別の意味での恐慌へと追いこんでいく。

「やめっ……！　……っ…あぁっ……！」

伸しかかってくる体重で二つ折りにされ、あちこちの関節がぎしぎしと不快な音をあげる。

びっちりと沈みこんだものの、のたうつような動きは決して気色のいいものではない。

それでも挿入時の痛みがすぎれば、身体はもっとも楽になる方法を勝手に追ってしまうから、うねる腰が止まらなくなる。

肉を叩く音が響くたびに深まる律動に、肺が軋んで、嗚咽めいた声が漏れる。

萎《な》えかけていた朔耶の性器も勢いを取り戻し、誰が触れているわけでもないのに勝手にとろとろと滴りをこぼしている。

（なんで、俺は……？）

こんなにも激しく、追いあげられていくのだろう。

（それに、これは誰だ……？）

自分を穿《うが》つもの。犯すもの。食らうもの。腰骨の奥のほうへと、ひっきりなしに熱塊を押しこんでくるもの。それが氷室であるわけがない。朔耶を守ると誓った男のはずはない。

朦朧《もうろう》としていく意識のどこかから、唐突に浮かんできたのは、はるか遠い記憶。

出会いの日、朔耶はまだ六歳、明確な記憶などありはしないのに。

大丈夫だろうかと、差し伸ばした手のひらに触れた頬の凍るような冷たさまでも、リアルな感覚をともなって蘇ってきた。

傷ついた野良猫のように、ぼろぼろに傷ついて、薄汚れて、凍えて、起き上がる力さえもなかった少年。青ざめた顔に、切るように鋭い瞳だけをぎらつかせ、朔耶を見上げてきた少年。

（ああ……、そうだ、この男は……）

ときに優しく、ときに厳しく、朔耶を導いてくれるものである前に、氷室は一匹の手負いの獣だったのだ。

（なぜ……忘れていた……？）

野良猫だと思った。一匹の大きな野良猫だと。

うっかり手を出せば、牙を剝く、爪を立てる。

散々傷つけられてきたから、本能的に嫌うのだ、人間という生きものを。

だから、せめて住みかを――庭の片隅にでもいいから。飼うことは無理だけど、居場所だけでいいから与えたい。そして、餌《えさ》さえ置いておけば、きっと勝手に食べるだろう。

それが第一印象だったはずなのに、いつ、手懐けられるなどと思ってしまったのか。

（間違っていたのは……俺か……？）

ならば、いまのこの責め苦も、自分に与えられた罰なのか。

人に馴れるはずのないものを、無理やり型にはめようとした、その罪の贖《あがな》いなのか。

氷室は待っていたのだろうか、このときを。

自分を縛《いまし》めていた枷《かせ》のすべてを外し、もうなにも偽ることなく本性をさらせる日を。

九年、はんぱではない年月、その身のうちに誰も知らない獣性を潜ませながら、朔耶の遊び相手に、やがて教育係に、さらには有能な秘書にと完璧に擬態し続け、そしていま、志堂家が断末魔の叫びをあげたこのときに、歓喜をもって解きはなったのだ。

まさに、獲物を食らうために。

「ああ……、なんてすばらしい抱き人形だ……！」

涙で潤んだ視界に映る、獣の姿はあさましい咆吼《ほうこう》をあげてもなお、優美な雄々しさに溢れているのに。快感を貪《むさぼ》り、勝利に酔う、その偉容は、まるで見知らぬ誰かのように、ただ遠い。

これ以上そばにありようもない――文字どおりひとつになったその場所で、濡れた音が響くたびに乱れ打つ自分のものでない脈動の力強さを、朔耶はまるで他人事のように、どこか遠い場所で感じていた。

3

（どうして、忘れていたんだろう……？）

全世界を敵に回したような、絶望に満ちた表情を。

いったいどんな生活をしていたのか、頬はこけ、肌は青ざめ、目の下にはくっきりとくまを刻み、荒れた唇からこぼれるのは消えいりそうな吐息だけ。なのに、落ちくぼんだ眼窩のなか、腐肉を食らう餓鬼のごとき双眸だけが、やけにぎらぎらと光っていた。

志堂家に引き取られる以前の氷室が——あの野性の目をした少年こそが本来の姿だとしたら、それは兄のように慕った存在より、むしろ『ＩＮＡＭＩ』の秘書として朔耶からすべてを奪うために現れた、いまの氷室に重なる。

じくじくと、癒えることのない傷を抱えた、獣。

痛みを忘れるために、食らい続けることに至福を見出す、獣。

（じゃあ、俺のそばにいたのは、誰なんだ？）

六つのときから九年間、いつも傍らにいた男。

手放しで信じていたあのころ、勝手にわかりあっていると思いこんでいたのは朔耶だけで、その実、氷室の心のうちにあるものを、ひとつとして理解してはいなかったのだ。

（俺が知っていた氷室は、すべて……幻だったのか？）

あまりに残酷な再会の日以来、氷室は志堂の屋敷で寝泊まりするようになった。

それも、代々の当主が使っていた部屋を——先だってまでは父の部屋だったそこを自分のものと決めて、夜には朔耶を招く。

お人形遊びのために。

むろん毎日というわけではない。多忙な氷室は午前様になることが多く、帰ってこないこともしばしばだが。あれから十日、もう五回はベッドをともにした。

身体は慣れるというが、最初のときのような引か裂かれる苦痛は、確かになくなった。その分、妙な玩具まで使われたりと、氷室の要求はエスカレートしていくばかりだ。

運転手も解雇したから、朝は車通勤の氷室に便乗させてもらっているのだが、渋滞に引っかかったりすると、そのあいだにも悪戯の手を伸ばしてくるのが、かなり困る。

そして、深夜十一時前に帰ってくれば、かならず呼ばれる。当主の部屋に傲然と居座って朔耶を待つ男の姿を思い出せば、憤りや悔しさは、はんぱでなく湧きあがるけど。

それだけではすまないものが、身のうちの深い部分にあって——官能を求めてじわりと蠢くような感覚が、なにより朔耶を憂鬱にさせる。

哀しくて、惨めで、いっそ逃げ出したいと思ったことも、一度や二度じゃない。

それでも優しかった日々の思い出が朔耶の怒りを相殺させてしまうから、どれほど手ひどいまねをされても、現実味がない。いや、あまりにひどすぎるからこそ、かえってその裏に、言葉にはできない秘密が隠されているような気がしてしまうのだ。

考えつめれば、いきつくさきは、出会いのときの、あの射るような眼差しだ。

雨に濡れ、傷つき、憔悴しきっていた十五の少年が、どれほどの決意で、自分を拾った相手に媚びへつらいながら、いつか見返してやると逆転のときを待っていたのか。

その執念はどこからくるものなのか、朔耶にわかろうはずがない。


「お〜い、志堂、なに、トリップしちゃってんの?」

ぽん、と肩を叩かれた朔耶は、聞き慣れた研究室づきの助手の声で、我に返った。

白衣姿の市ヶ谷を肩越しに仰ぎ見て、さらに周囲へと視線を巡らせる。コの字に並んだ机のどこにもゼミ仲間の姿はない。

「あ、なんか、ちょっとボーッとしてた……」

「わかった、彼女だろう?　恋煩《こいわずら》い。ピンポーン、あたりかな〜?　ビスクドールの肌はなんだか最近、さらに艶《つや》を増してきた気がするし。やっぱ恋する男はキレイになるんだよな」

市ヶ谷の癖なのだろう、おだてにしては的外れなことを、へらりとお軽い調子で言いながら、朔耶の隣のスツールを引いて腰を下ろす。

「さあさあ、お兄さんに相談してみなさい。ドーンと受け止めてあげるから」

だが、本気でドーンと体当たりしたら、そのまま倒れこみそうだ。身長こそ一七五センチほどはあるのに、腰など朔耶より細いんじゃないかと思うほどスリムな体つきをしている。

襟足の長い天然ウェーブのかかったセピアの髪は、まんなかで分けられて端正な面《おもて》を縁取っているが、濃いモスグリーンの色つきレンズの眼鏡のせいで、三割方男振りが落ちている。経済学部の助手というより、保健室の先生のように見えるのは、なんとなく無駄な色気があるからだろう。だが、なぜ色気があると養護教諭のイメージになるのかは、不明だ。

「残念ながら、市ヶ谷さんじゃないんで、そんな色っぽい話は皆無です」

否定はしたものの、でも、この懊悩《おうのう》は、朔耶の人生でもっとも色っぽい部類だろう。市ヶ谷の言う『艶』とやらが、氷室との行為に起因するものなら、考えるのさえおぞましい。

「会社のことで、ちょっと引っかかることがあって……」

内心の動揺を誤魔化すために、朔耶は、他に気になることへと話題を逸らす。

「ああ。親父さん。病気療養だって？」

「それは、しかたないんですが」

さすがに、父は逃げました、とは言えず、対外的には過労で入院したことにしてある。むろん、未《いま》だ安否も知れぬ父のことも心配だが、それはもう無事を祈るしかない。いまは考えることが多すぎて捜索する余裕すらない。冷たい息子となじられようとも、『あとは頼む』と置き手紙を残されたからには、それを全力でやるしかない。

「買収にいたるまでの、『志堂コーポレーション』の株の動きがどうも気になって」

洒落《しゃれ》たつもりの大振りの眼鏡のせいか、天然ウェーブを描いた髪のせいか、ゼミとなると姿を消すいいかげんさのせいか、軟派なイメージが強い市ヶ谷だが、それでも経済学部の助手をしている以上なにかヒントをくれるのではないかと、朔耶は相談を持ちかける。

「株式チャートを見てもらえますか」

言いつつ、目の前のキーボードを叩く。『志堂コーポレーション』という社名に『株価』と足して検索をかければ、最新の株式情報ページを開くことができる。

「これが、ここ半年の株価の動きです」

株価の日々の動きをグラフ化したそれを六ヶ月前からなぞっていけば、上がったり下がったりの小刻みな波形が徐々に右肩下がりになっているのが、誰の目にでもわかる。

「問題はここです。二ヶ月半前、三日続けてストップ安が続いて、上場して以来の最安値にまで落ちこんでる。百七十八円で底を打って、このあとに上げに転じてるんです」

鋭くえぐれたグラフのいちばん低い部分を、朔耶はボールペンで示す。

そのさきは、おおむね右肩上がりになっていく。

「まあ、一目瞭然だな。小学生だってわかる折れ線グラフだし」

株価が上がるのは、買いが入るからだ。好材料銘柄なら買いが進むし、悪材料が出れば売りが進む――と、それほど単純なものではないにしろ、一般的な認識はそうだろう。

「でも、株価が上がりはじめたとき、『志堂』には好材料がひとつもなかった。むしろ、さらに落ちて百五十円を割るんじゃないかとさえ言われてた。なのに、ほんの数日で二百円まで値を戻し、その後もじりじりと上がっている」

「ふうん～。ようは底値だと判断した投資家が、買いに転じたってことじゃない？」

「市ヶ谷さんならそうします？　この五年間じわじわと下がって、このさきもっと落ちて、へたをすれば紙屑同然になるかもしれないリスクを覚悟して、買いますか？　市場に影響を与えるほど買い進めるってことは、億単位の資金がいるんですよ」

「う〜ん、億単位か。悪目《あくめ》買いとかかな？　けど、そんな金があったら、投資なんかせずに、ハワイに土地でも買って遊び暮らすな、俺なら」

しょせん自分には縁のない世界だと、市ヶ谷は鼻先で笑いながら机に両肘《ひじ》を置き、だらしなく頬杖をつく。眼鏡のブリッジも鼻先近くまで落ちているのに、いっこうに気にするふうもない。

もう少し自分のルックスを考えろと、言ってやりたくなる。

「悪目買いですか……相場の売り人気に逆らって買うってのも、ひとつの方法でしょうが。個人で何億もつぎこむのは、あまりに無謀じゃないですか？」

「おいおい、買い占めたのって、一人なの？」

「ええ。大量保有報告書が提出されてますから」

一般に、五パーセントルールと呼ばれるものがある。

上場している会社の、五パーセントを超える株式を保有した場合、『大量保有報告書』という書類を、五日以内に財務局に提出しなければならないのだ。ようは、大量の株が買い占められると、株価の乱高下《らんこうげ》がおこり、情報の少ない一般投資家が損害をこうむる恐れがあるため、大株主はきちんと情報を開示しなさいよ、というお上《かみ》からのお達しなのだ。

「なんと『ＩＮＡＭＩ』がＴＯＢを発表した翌日に。森村真希《もりむらまき》という個人名義で」

十中八九、この森村真希なる人物が、株価上昇のキーパーソンだったはず。

「目的は純投資。住所は都内のマンション。職業は自営業——って、占い師だそうですよ。報告書には性別欄がないんで、名前から察するに女性かと思うんですが」

「ちょー、なにそれ、占い師って〜?」

「占いで、株価の変動を予知したんじゃないですか。売買のタイミングがもう絶妙なんです」

水晶玉のなかにどんな未来を見たのか——ともあれ、この森村なる占い師兼投資家は、最安値のときに『志堂コーポレーション』の株を大量に取得し、その後も五パーセントルールに引っかからないぎりぎりまで小刻みに買い進めて、『ＩＮＡＭＩ』のＴＯＢが発表された当日に、一気に五パーセント超えまで買い増したのだ。

「最終的には百四十万株以上を所得してます」

「ゲッ！　個人で百四十万株……って、それ、どこの大金持ち？」

驚きに顔を上げ、その反動でさらにずり落ちた眼鏡のブリッジを、市ヶ谷は押し上げる。

「自己資金は二百万円。残り三億円は借入金です」

「……って、ほとんど借金じゃないか」

「それも、借入先は外資系投資ファンドです」

「ひゅう〜。ハゲタカかよ」

外資系投資ファンド——倒産した企業や業績不振の企業をターゲットにして、安い株価で買収して高値で転売するという手法から、バルチャー《はげたか》ファンドと揶揄されている。死にかけた獲物に群がるようなやり方だという意味で。

むろん、外資がすべて悪いというわけではない。だが、企業は株主のものという欧米流の感覚は、自らが属する企業に愛着を持つ日本人にとっては馴染まないもので、感情論で外資を嫌う傾向があるのもまた事実だ。

「やー、ハゲタカが背後についてるってのが、なんとなく怖いねぇ」

お気楽そのもので、はなからよそ事の市ヶ谷ですら、そんな反応をするくらいだ。

戦前からの名家という馴れあい気質のなか、ぬるま湯に浸かりきっていた志堂の役員達が、ビビらないわけがない。外資が攻勢をかけてくる前に、『ＩＮＡＭＩ』と業務提携してしまおうと焦ったあげく、相手の望むままに話を進めてしまったのだ。

社長退任という、最悪の条件まで呑んで。

「でも、実際には、外資から買収の気配があったわけでもないし。結局、この森村が保有していた株式は、丸々『ＩＮＡＭＩ』が、ＴＯＢ価格で買い取ってるんです」

「……てことは、そいつはいくら儲《もう》けたんだ？」

「ＴＯＢ価格は一株四百円。百四十万株で、ざっと五億六千万ですか。三億の借金を利息をつけて返しても、二億以上は手元に残る計算ですね」

「ひゅう～。純投資としちゃあ、こんな美味しい話はないな」

「そうですね……美味しすぎます」

個人投資家が、借入金だけで、業績回復の見込みもない会社の株をこれほど大量に買い占めるなんて、度胸だけではすまない話だ。あまりにリスクが高すぎる。

「先見の明にしては、見事に読みすぎてるんです」

「やっぱ、占いじゃねーの。でなきゃハンドパワー？　きてます、きてます～」

「それ……古すぎですって」

がっくりとテーブルに突っ伏した朔耶の肩を、ぽんと叩いて、まったく役に立たないハンドパワーを送ってきながら、市ヶ谷は立ち上がった。

「ま、悩めば。みんな悩んで大きくなるのさ」

「他人事みたいに……」

「てか、他人事だしー。んじゃ、またね～」

市ヶ谷は無責任に笑い、ひらひらと手を振りながら研究室をあとにする。

「あの人、きっと助手止まりな気がするな」

翻る白衣を見送りながら、朔耶は小声でボソリと、失礼なことを呟いた。


「維持費や固定資産税、さらに使用人の給料となると、一般公開したくらいで埋められる額じゃないですね。やはり、朔耶さんにはご覚悟いただかないと」

ライティングデスクに肘を置き、クリップで留められたＡ４サイズの書類と睨めっこしていた氷室は、右手で眼鏡を押し上げ、疲れの滲んだ目頭を揉んだ。

厚みのあるがっしりした体軀、知性に溢れた精悍《せいかん》な顔、きれいに撫でつけられた黒髪、老獪《ろうかい》さえ漂わせる風貌は、百余年もの時をへてきた部屋に、妙にしっくりとはまっている。

佐代など、「使用人が主人の部屋に住むなんて！」と怒りを露わにしていたが。そうやって恨み言をぶつける余裕すら、朔耶にはない。

人は霞《かすみ》を食っては生きていけない。無力な自分を知るなら、ハラワタがねじ切られそうなほどに悔しかろうが、氷室に従うしかないのだ。

屋敷を存続させる条件として、建物や庭園の維持費、使用人の給料等は志堂側がまかなうこと、それが井波社長からのご沙汰なのだと、氷室は言った。

だが、まだ学生の朔耶に収入の道などない。となれば、文化財クラスの洋館そのものを観覧に供するなり、レセプションやロケ撮影などのために貸し出すなりしてまかなうしかないのだが、氷室の試算の結果は、やはりというか、楽観できるものではないようだ。

コレクター垂涎の的の志堂コレクションから、ほんのいくつかしかるべき市場に出せば、年間維持費くらい捻出《ねんしゅつ》するのはたやすいはず。だが、それだけはできない朔耶にとって、自ら館のプレミアオプションになれと宣告されようと、拒む術《すべ》はない。

「貴族の館に招待されて、ご当主ともども、使用人達の行き届いた供応を受ける。ホスト慣れした有閑《ゆうかん》マダムにも、受けると思いませんか」

しかし、長年勤めてくれた使用人達は、沈んでいく船から逃げようとするネズミのように、慌ただしく荷物をまとめて出ていってしまって、残っているのは佐代しかいない。屋敷の美観の維持のためにも、早晩、人手を確保しなければ。

「若く美しい華族の末裔が同席する、アフタヌーンティー。薔薇の小径の散歩。十五夜の宴《うたげ》などもいいかもしれません。演出次第で、かなり思いきった料金でも設定できるでしょう」

秋の夜更《よふ》けの静寂に包まれた屋敷には、虫の音がもの悲しく響くだけ。ライティングデスクの灯りと溶けあいながら落ちてくる心地いい低音を聞き逃すこともない。

「とはいえ、口コミで伝わるには時間がかかりすぎるし、宣伝費をかけるほどの余裕もなし。さて、なにか妙案はありませんか？」

だが、鷹揚な問いかけに答えることは朔耶にはできない。唇も舌も手も、質問主の見事すぎる男性器への奉仕に使っているのだから。

椅子《いす》に腰かけた男の膝《ひざ》の間に、まるで性奴のごとく跪いて。

「そうだ。『ＩＮＡＭＩ』のホームページで紹介しましょうか。もちろん朔耶さんのお写真もいっしょに。レトロ系の王子様スタイルなどいかがです？　サロン柄のガウンに、ハーフパンツ、インナーにはフリルシャツなど」

ハーフパンツ……二十歳にもなった男が？

だが、この男の思いつきが冗談ではないことなど、いやと言うほど思い知らされている。

書類をデスクの上に放り出すと、氷室は上着のポケットから見慣れた白手袋を出して、両手にはめる。これが朔耶に触れるときの、いつもの儀式。

準備をすませると、ようやく氷室は朔耶の髪へと手を伸ばし、指を絡めて弄びはじめる。

「それにしても、他の機能は人間並みなのに、お口の使い方だけはあまり感心できませんね。ほら、もっと舌を使って」

甘やかな声音に、くす、と揶揄を含んだ笑いが混じる。

(悪かったな、こんなこと上達したくなんかないよ！)

心で毒づきながらも、命じられるままに手でしごきながら、同時に口でもって下生えに包まれた根本から順繰りに嘗め上げていく。裏側も、くびれの周囲も、顔を動かしながら余すところなく舌を這わせ、敏感な鈴口の孔を舌先を窄めて丹念にねぶってから、陰茎まで咥え直して、じゅぷじゅぷと粘着質な音をたてて、強く吸う。

だが、それでも氷室は満足しない。

「小さなお口に、私のものが大きすぎるのはわかりますが、もっと奥まで呑みこめるはず。お人形さんは息苦しいなんて感じないでしょうから」

ムチャクチャな理屈で、さらなる行為を求めてくる。

顎が怠《だる》くなるほどいっぱいに頬張り、必死に頭を前後させると、ただでさえ大きすぎるものがぐんと嵩を増して口腔を満たし、息継ぎすらままならなくなる。

唇も舌も感覚がなくなるほど痺れ、飲みこむことのできない唾液が律動のたびに漏れて、顎から首筋へと幾筋もの淫靡な流れを作っていく。

「おやおや、お口の周りをべとべとに濡らして。でも、べべちゃんだから、これはしょうがないんでしょうね」

べべは五頭身くらいの子供の人形だ。八頭身の朔耶は、外見だけならべべ以前の、マヌカン代わりに使われていたファッションドールに近い。

なのに、氷室はわざとからかうためだけに、べべちゃんと呼ぶ。

そして、お人形遊びと言うだけあって、毎夜の着せ替えを欠かさない。そのほとんどが、アンティークドールが着ているような古めかしい型の衣装だった。

いまも朔耶を飾っているドレスは、淡い花柄の地を濃いめのブレードで引きしめた、ジャガードのツーピーススタイプで。同系色のサテンとレースでまとめたスカートが優雅に広がっている。服と共布のボンネットの内側にも、たっぷりのレースがあしらってある。

まさに生き人形のごとき愛らしさだが、中身が二十歳の男となれば、単なる女装でしかない。

その上、外見は美しく整えられているが、下着は穿《は》いていないのだ。靴下や靴まで履いているのに、大事な部分がすかすかという状態が、女装以上に朔耶を羞恥に追いこんでいく。

それどころか、双丘の奥の秘孔には、狭い場所を広げるための名目で、朔耶を苛む玩具が埋めこまれている。

そのすべては、目の前に傲然とふんぞり返る男が、手ずから施したものだ。

「ところで、口のなかに出すのと、顔射と、どっちがいいですか?」

耳を覆いたくなるような問いに目眩《めまい》さえ感じながら、朔耶は遠い日の記憶を探る。

母のアンティークドールを、男の子ゆえにその価値もわからず、つい乱暴にあつかってしまうことがあった。そのたびに、お人形が可哀想ですよ、と叱ってくれたのは氷室だった。

お人形は女の子にとって、大事な大事な友達なのだからと。

その氷室が、自ら人形を貶めるようなまねをするなんて。こんな関係になって半月もたとうというのに、まだ定かに信じられない。これはタチの悪い夢ではないのかと。

目を覚《さ》ませば、そこに父と氷室が並んでいるのではないかと。

「ミルク飲みの機能もいまいちのところはあるけど、きれいな顔を汚してしまうのもしのびない。どちらが好みかな、お人形さんは？」

だが、儚い希望を抱く朔耶《し》に、氷室は残酷な現実を突きつけてくる。

どれほど屈辱的な行為を強いられようとも、朔耶は名ばかりの当主として、いまとなっては、志堂家最後の矜持のありかである場所を守っていかなければならないのだ。

絨毯も家具も、戦後に海外に流出していったものを、父がひとつひとつ探し求めて、買い戻した品々だ。こんな下劣な遊びに興じる男の精液で、わずかたりとも汚したくない。

となれば、答えはひとつしかない。朔耶の藁《わら》をもつかむような気持ちを知りながら——いや、知っているからこそ、氷室は残酷な二者択一をいつも朔耶に押しつけてくる。

「飲みたいんですか？」

おぞましい問いに、うなずくことしかできず、瞼を閉じることで了承を返す。

「やっぱりお腹がすいてるんですね。でも、今夜はかけてあげたい気分なんです」

ならば、訊かなければいいのに。朔耶が求める逆のことをするために、わざわざ氷室は答えを求めるのだ。

「さて、もう少しがんばってもらいましょう」

髪をつかんで乱暴に引き寄せられ、熱い先端でがつがつと喉奥を突かれると、酸素を欲した肺が軋んで、ぐうっと奇妙な音をたてる。息苦しさから、眦に涙が溜まってくる。

それでも、男の手が緩むことはない。

口のなかで、どくどくと脈動を速めていくものが、放埒《ほうらつ》への痙攣を示しはじめる。

見上げれば、生理的な涙でぼやけた視界に、精悍と呼ぶにふさわしい顔がある。わずかに眉根を寄せ、放出感に耐える表情さえも男の魅力に溢れていて。もしも朔耶が女なら、抱かれてみたいと思うかもしれない。女ならばだ。

「出しますよ……！」

喉奥に苦く不快な味を感じたとたん、きつくつかまれた髪ごと背後に引かれ、口内を満たしていた性器が粘ついた糸を引きながら離れていく。

突然の解放に、朔耶は酸素を求めて、ひゅっと喉を鳴らす。そうして、大きく開かれたままの唇を、頬を、額を、青臭い雄の匂いを発散させた液体が濡らしていく。喉奥に放たれた分をとっさには飲みきれず、ゲホゴホと咳《せ》きこむ口元を、顔にかけられたものとともにドレスの裾で押さえたものの、すでに遅く、受け止めきれなかった滴りが絨毯に点々と跡を残していた。

「……あ……？」

織り手達の繊細な指が描き出した緻密《ちみつ》なアラベスク模様のペルシャ絨毯は、祖父の気に入りの逸品だった。悔しさに、朔耶は、ぎりと歯がみする。

なぜ？　どうして？　これほどの辱めを受けなければならないのか？

氷室のお人形になった日からこっち、不毛な自問自答を繰り返しながらも、朔耶は虜囚の身に甘んじている。

「ふ……。ミルクがたっぷりかかって。べべちゃんには似合いですよ。本当に可愛らしい」

氷室の低俗な揶揄を聞くたびに、脆くなりそうな心を叱咤《しった》しながら。しどけない姿のなかにも瞳にだけは意地を残し、ぎりと気丈に睨み上げる。

「いつか……この屋敷を買い戻してやる！」

強がりでしかない。可能性など皆無だ。それでも朔耶は決めている。

いつか、と。

だが、華麗さと繊細さを併せ持つ、そんなアンバランスな印象が、見る者の庇護欲や嗜虐《しぎゃく》心をさらに煽るのだということを、朔耶は知らない。

「ああ……、その強気な目がいい。青い瞳でないのが残念なくらいだ」

うっとりとした口調に、なにか思い出語りでもするような変化を捉えて、朔耶は問い返す。

「欲しかったのは、青い瞳の人形か？」

「そうですね。ジュモーのべべタイプが……好きでした」

独り言のような呟きが、吐息となって頬に落ちてくる。

妙な過去形だな、と朔耶は思う。なんだか他人事のような言い方だと。

氷室の白手袋に包まれた手のひらが、精に濡れた朔耶の顔を丹念に拭う。

淫靡なはずの行為のなかに、懐かしいような所作を感じて、朔耶は氷室の瞳を探る。

まだ信じたくない。こんなことは違うと思いたがっている。

母が逝き、『志堂コーポレーション』が疲弊し、父が姿を隠し、そして、朔耶が無力になる日をひたすら待って、待って、待って、そのさきになにを望んでいたかといえば、お人形遊びだったなんて、そんなバカなことがあるだろうか。

もっとなにかがあるはず。氷室の行動の裏には、朔耶が知りえぬ動機があるはずなのだ。

だが、優しい手は、朔耶の疑問を解く前に、すいと離れていってしまう。

惑いなど、ひとつたりとも見せはしないと言わんばかりに、氷室はわずかな揺らぎすら覆い隠してしまう。あとには、傲慢な主人の顔が残るだけ。

「やめましょう。感傷なんていまさらだ」

なにかを振り払うように言い放った氷室に肩を押されて、朔耶は絨毯の上に倒れこむ。すかさず伸しかかってきた男に両足首をつかまれて、大きく割り開かれてしまう。

「さて、今度は下のお口の性能を試させていただきましょう」

滑らかな双丘の間から、長さ十センチほどの透明な棒状のものが、まさに尻尾のように突き出している。それこそ、朔耶のなかに埋めこまれた醜悪な玩具、ディルドの取っ手だ。

「ああ、なんてきれいなんだ。最高級のビスクドールには、やはり最高のアクセサリーが似合いますね。それに、ほら、粘液まで滲ませて。本当に精巧にできている。まっ赤に熟《う》れて、ひくついて。女の性器よりよほどそそります」

「よせ……、み、見るなっ――……！」

ドレスのなかがいったいどうなっているのか、自分に見えないだけに羞恥はいや増し、下肢を火照らせながら、朔耶は身を捩《よじ》る。だが、朔耶がいやがればいやがるほど、氷室は薄笑いを浮かべながら、大きく開いた両足のあいだを覗きこんでくる。

「尻の穴のなかまできれいなんて、やはりお育ちのいい子は違うんですね」

極限まで透明感を追求したクリスタル製のディルドは狭い場所を広げるだけでなく、決して人目にさらされることのない奥までも暴いてしまう。

悔しさのあまり瞼の裏が潤んでくるが、苦痛や快感からくる生理的な涙以外には、たとえ一粒たりとも見せはしないと、朔耶は唇を嚙んで耐える。元伯爵という誉《ほま》れを戴いた志堂家の血は、これほどの汚辱に踏みしだかれてさえ、朔耶を支えているのだ。

「いい表情ですね。一人で鑑賞するにはもったいない。そうだ、いっそ、鑑賞会を開くのはどうでしょう？　こうやって、なかまで見えるようにして飾ってさしあげれば、名門志堂家が、どこまで特別な存在なのかわかっていただけるでしょう」

「なんの、冗談だ……？」

「誰が冗談など言いますか。ああ、ご心配いりません、決して口外しないお客様を厳選しますから。なにしろ、門外不出の名品ですので」

あまりに下劣な提案に、ただでさえ色の薄い朔耶の顔から、見る間に血の気が引いていく。

「おまえはっ……！」

「ついでに、ディルドを動かすくらいはさせてあげましょうか？　好き放題にぐちょぐちょと、突っこんだり、出したり、掻き回したり……」

言いつつ、氷室はディルドの柄をつかんで、言葉どおりに動かしてみせる。

「……ひっ……！」

身のうちを穿つあまりに硬質な感触に、朔耶は喉をのけ反らして喘ぐ。

「名うてのドールコレクターなら、志堂伯爵家のお人形さんのこの淫らな姿に、どれほどの価値をつけると思います？」

そんなことに金を出す者がいるとは思えない。また氷室が、本気でそこまでするとも思いたくない。けれど、朔耶が、まさか？　と顔をしかめるようなことを、氷室は現にしてきた。

いまもまた、そうした辱めのただなかにいるのだ。

クリスタルのディルドが朔耶にもたらすのは、ぬくもりのない愉悦。そして、氷室にとって、朔耶の身体は、しょせん売り物でしかないという残酷なまでの事実だけだ。

展示して、希望者には壊さない程度に触れさせて、弄らせて、遊ばせる。

ただ、それだけの玩具でしかない。

そう思った瞬間、ぱきん、と心のなかでなにか砕け散った。

「い…やだ、それだけは……」

泣き言など、死んでも言うまいと思っていた。なにがあっても負けまいと。でも、その決意さえ脆くもくじかれて、朔耶は蒼白な顔を力なく左右に振った。

「だったら、他になにができるんです？　どう計算しても、入館料だけでは一月の維持費さえまかなえないのに」

「おまえはいいのか……？　こんな姿を誰が見ても、本当に……」

「それは私のセリフです。あなたは他の誰かに見られてもいいんですか？　私以外の誰かに？」

互いの気持ちを探りあうような、やりとり。いったい氷室はなにを言わせたいのか、なにを言えば満足なのか。ここまで貶めた朔耶から、これ以上なにを奪えば気がすむのか。

「だから……」

「だから、なんです？」

ごく、と絶望に喉を鳴らし、朔耶は蚊《か》の泣くような声で懇願する。

「おまえ以外には……いやだ。見られるなんて……」

言外に、氷室には見られてもいいと、そういう意味を含めているだけに、自ら放った恥ずべき願いは、小さな棘《とげ》となって朔耶をじわりと傷つけていく。

「おまえ、ですか？」

なのに、氷室はなにが不快なのか、ぴくと眉を寄せた。

「何度も教えたでしょう。物覚えの悪いお人形さんだ。見られるのも、抱かれるのも、私だけにしかいやだと、ちゃんと敬語でおっしゃい」

尖った声で注意されて、ようやくそれが二度目に抱かれたときから、たびたびされていた躾《しつけ》だったことを思い出した。

「俺は……あなたのものです。だから、他の人はいやです」

言い直した朔耶に、さらに氷室は、「ご主人様」と一言つけ加える。

その言い回しに慣れないのは、氷室を主人と奉《たてまつ》ったことがなかったからだ。けれど、逆転した立場では、朔耶はひたすらお願いするしかない。

「俺は、あなたのものです……ご主人様」

そこまで言わせて、ようやく氷室は、眼鏡の奥の瞳を柔和に細める。

「いいですね。屈辱に身を焼きながら性奴に身を落とすあなたは、なにより美しい」

ご褒美をあげましょう、と氷室の手が、なにか危うい動きをしたと思ったとたん、ずるりと粘った音とともに、身のうちを満たしていた圧迫感が一気に引いていった。

「……っ……あぁぁ……！」

粘膜ごとさらわれるような感覚に、朔耶は、知らずに高く甘い声を響かせていた。

「ずっと入れていたかいはありましたね。すっかり花びらが開いて、とろとろに蜜を溢れさせている。これなら前戯《ぜんぎ》の必要もない」

くちゅ、と指一本入れられて、鋭敏な場所を擦られるだけで、すっかりやわらいだ内壁が歓喜に打ち震えるように蠕動する。

（くそっ、どうして、こんな……？）

怖気が走るほどあさましいその反応を、でも、意志では止めることができない。哀しいほどに、身体は、氷室に従順になってしまった。

「さて、お願いするときのセリフは？」

笑いながら言う男の酷薄な笑みを前に、朔耶はぶるりと身を震わせる。

（どこまで……どこまで貶めれば気がすむんだ……？）

でも、それを言わなければ、また別の玩具でいたぶられるだけ。夜は更けていくのに、たった一言が言えないばかりに、朝まで攻められたことがあった。

だからもう、自分はおしゃべり人形だと思うしかない。決められた言葉を話すだけの。

「俺の尻を……犯して…ください、ご主人様」

潤んだ瞳で、わななく唇で、朔耶は恥ずかしいだけの言葉を告げる。

「いい子ですね。それじゃあ、どこに欲しいか、ちゃんと見せてください」

絶望に喉を鳴らし、朔耶はのろのろと足を開く。ドレスをまくり、膝下に手を添えて、自ら持ち上げ、みっともないポーズをとる。

「べべちゃんは、ここに挿《い》れてほしいのかな？」

声を出すのがつらくて、壊れた人形のようにがくがくと頭を振れば、後孔に作りものとは決定的に違う熱と脈動を持ったものが押し当てられた。

「……あっ……!?」

すでに開かれていた道より一回りも太いそれが、ずっしりとした量感をともなって、じわじわと内壁を圧しながら侵入してくる。笠《かさ》の部分がすっかりおさまったところで、しばしその場にとどまったそれに、大きな回転でもって、みっちりと男を咥えこんでいる襞をさらに広げられ、朔耶は悲鳴とも嬌声ともつかぬ濡れた声をあげた。

「ひっ……、あぁぁ――……！」

ぬるぬると蠢く生きものが腹のなかを這いずり回ってるような感触は、何度経験しても慣れることはない。嫌悪感に肌は粟立つのに、それと同時に、快楽の中枢神経を直に擦りあげられるような刺激が、別の意味で皮膚を撫であげ、過敏になった神経をえぐる。

ひりひりと身を灼く官能に炙《あぶ》られて、自分の性器がしとどに先走りの蜜を滴らせているような気がして。けれど、ドレスに覆われて見えない分、どんなありさまになっているかを想像すると、それだけで脳髄まで羞恥に煮えたぎり、肌は上気し、さらに股間が濡れてくるという悪循環に陥《おちい》ってしまう。

「普通、どれだけ慣れても挿入時の違和感は拭えないものらしいけど、さすがセックスドールだけあって、最初からここを広げられるのが好きでしたね」

「ち、違っ……！」

いくら否定しようとも、すっかり馴染んだ男の動きに呼応するように、火照ってとろけた粘膜は、ディルドを失って寂しくなった空隙《くうげき》を埋めようと勝手に蠢いている。

もっと確かな充溢《じゅういつ》を欲して、奥へ、奥へと誘いこもうとしている。

身体が心を裏切るこの瞬間の羞恥を味わわせるために、氷室はわざと入り口でとどまるのだと、もう朔耶にもわかっている。一時間近くも異物を呑みこんでいた深部は、焦れて、疼いて、うねって、満たされる瞬間を待ち望んでいる。朔耶の意志をも砕くほど、苛烈に。

でも、それをさらに奥へと迎えるためには、自ら懇願しなければならないのだ。

「……もっと…」

「え？　なんです」

とぼける男を恨めしく思っても、どうしようもない。朔耶をとことん辱め、貶めることが氷室の目的なのだから。

「もっと…、奥まで…ください……」

「まったく、上品で可愛い顔をしてるくせに、あさましいお人形さんだ」

呑気《のんき》にたしなめたと思うと、一転、厳しくなった語調が、朔耶の耳に突き刺さってくる。

「なら、咥えなさい、たっぷりと！」

ずんっ、と内部で音が響いたかと思うほど、一気に最奥までの距離を埋めつくされた衝撃で、朔耶は大きく背をしならせて喘ぐ。目の前が一瞬、まっ白に眩《くら》む。

「……ッ……、ああっ……！」

「好きなだけしゃぶるといい。これが欲しかったんでしょう？」

玩具など、どんなに精巧なものであろうと、ここまで朔耶を乱しはしないのに。

生きて、脈動して、熱をはらんだそれに、なかを縦横無尽に掻き回されると、肌は粟立ち、汗腺からどっと汗が噴き出し、頭の芯までとろけていく。

女のようにはめられ、こね回されているというのに、欲情という不可解な本能に操られるまま、朔耶はわななく腰をくねらせる。

それを褒めるかのように、放り出されたままになっていた性器に、氷室の手が伸びてくる。滲んでいる液体をさらに掻き出すように、ぎりぎりと容赦もなく敏感な割れ目を弄られて、半開きになった口から声にならない悲鳴が飛び出していく。

「ひ…あっ……！」

「いいんでしょう？　ほら、可愛いペニスが悦んでますよ。こんなに涙を流して。でも、ご注意を。漏らしすぎると絨毯を汚しますよ」

くくっ、とひずんだ笑いを含んだ声が、粘着質な音に混じって朔耶の鼓膜を揺らす。

先端からつぷつぷと漏れてくる雫を意志で抑えることなどできず、官能の熱い波にさらわれそうになるのを、朔耶は最後の意地でようやくこらえる。

いっそ、壊れてしまえばいいのに。理性もなにも手放して、この甘怠い疼きに溶けこんでしまえれば。自らねだって尻を振り、粘液を滴らせ、嬌声をほとばしらせながら、無様な姿をこれでもかとさらし、快感を貪るだけの操り人形になってしまえば、もう苦悩することもないのに。

そこまでわかっているのに、最後の一歩で踏みとどまってしまう。

（いやだ…！）

と、叫ぶものは、なんなのか？

この男にだけは明け渡したくないと、意地を張り続けるものは、なんなのか？

身も世もなく溺《おぼ》れてしまえれば楽になれるのに、それを許さないものが、心のなかに、血潮のなかに、細胞のなかにある。

この屋敷を愛した人々の想い。志堂の名を誇りにした人々の想い。最後に自分に託されたそれらの想いが、どんなときも胸を満たしているから、もはや地に落ちたプライドを捨て去ることもできない。

百年以上のあいだ、風雨に耐え続けてきた建物が、夜風を受けてかキシキシと唸る。

（違う……あれは……？）

足音だ。佐代が就寝前に戸締まりの確認をしているのだ。それが部屋の前を通り過ぎていく。

身体の弱かった母の代わりに自分を育ててくれた佐代に、こんな情けない姿は見せられないと、朔耶は必死に声を嚙み殺す。そんな朔耶の思いを知りながら、氷室は遠慮もなく腰を使う。

出入りする肉茎《にくけい》に引きずられて、たわんでは窄まる柔襞のあさましい感覚から逃れようと、朔耶は自分を穿つ男のスーツの肩に、ぎりっと強く爪を立てる。

身体はとろとろに溶けているのに、心までは譲らないと、瞳にだけ意志を残して。

「本当に、ずいぶんと我慢強い。だからこそ堕《お》としたくなる」

首筋にひとつ、頰にひとつ、耳朶にひとつ、口づけを落としてくる唇が、ひどく嬉しそうに囁きかけてくる。

「そう、文字どおり、こうやって……」

膝裏を両手で支えられたと思うと、軽々と上体を起こされ、あぐらをかいた氷室の身体を跨《また》がる体位をとらされていた。それにしては妙に不安定な感覚に戸惑い、朔耶は知らずに氷室の首にしがみつく。

それもそのはず、抱えられた両足も腰もまだ浮き上がったままで、ぬらぬらと膨らんだ亀頭部がお義理に入り口に引っかかっている程度なのだから。上品なワイシャツの下に隠された、獣的な粗暴さをも併せ持った強靭な二の腕は、楽々と朔耶の体重を支えている。

そのあとにくる行為も、もう想像ができるから、朔耶の怯《おび》えはひどくなるばかり。

氷室の肩口に顔を埋め、漏れそうになる声を必死でこらえながら、遠ざかっていく歩調に向かって混乱のなかで祈る。速く……速く去ってくれと。

「いつまでも気取ってないで、さっさと墜《お》ちてしまいなさい……！」

耳朶をねっとりと嘗めながら、その言葉どおりに、氷室は朔耶を突き落とすために抱えていた両手を外した。その反動で、ようやく首に引っかかっていたボンネットが、ぽろりと落ちる。

いまとなっては唯一繋がっている部分が、朔耶自身の体重のすべてを受けて、衰えることも知らぬ氷室の屹立を呑みこみながら沈んでいく。

ぐしゅっ、と淫靡な音とともに、どちらのものともわからぬ体液を溢れさせて。

「ヒッ……！」

全身の産毛が恐怖と喜悦に、ざわりと総毛立った。すさまじい圧迫感が下腹部を満たし、一気に脳髄まで貫いた衝撃で、眼球の裏がかっと燃えあがり、色とも呼べない光が明滅する。

佐代にだけは聞かれたくないと、悲鳴を抑えた分だけ身体が強張り、無理やり内側へと押しこまれた襞がぎゅっと収縮して、含んだものを、きつく、きつく、締めつける。

「くっ……！　緩めなさい、少し……」

耳元で呻いた男が、緊張をほどくために、下から激しい揺さぶりをかけてくる。

佐代の気配が消えたことに、ほっと安堵《あんど》したとたん、苦痛と快感と紙一重の疼きがざわざわと広がって、唐突な解放感が腰の奥のほうから迫りあがってきた。

「はっ……、アッ…ぁぁ——…」

下腹部いっぱいを満たして蠢く男の脈動をひときわ鋭く感じて、全身がぶるっと痙攣する。

瞬間、ついに辛抱の限界を超えた性器は、大きくひとつ身悶えたかと思うと、こらえることを放棄して、溜まりに溜まっていた欲望を一気にほとばしらせたのだ。

ドレスのなかで射精する——まるで粗相でもしているようなぬめった感覚が下肢に広がり、あまりの恥辱に目が眩みそうになる。

「ふぅ…っ……」

吐息すらもう泣きそうだ。

「ああ、とうとう汚してしまいましたね。堪《こら》え性《しょう》のないお人形さんだ」

こんなとき、氷室は意地悪な揶揄を、決して忘れない。

それが、朔耶の惨めさをつのらせるものだと知っているから。

「まあ、そんなに失望なさらず。これくらいの汚れならクリーニングで落ちますよ」

だから存分に出しなさい、と手加減なしに突き上げられては落とされ、そのたびに肉のぶつかる音と体液の漏れ出す卑猥な音の合奏が、鼓膜を打つ。

「やめっ……！　そ……っああ……！」

まとわりついてくる響きから首を振って逃れようとすれば、許さないと言わんばかりに耳朶を食《は》まれ、ねっとりとなかまで入ってくる舌の感触に、ぞぞっと後れ毛がそそけ立ち、そんなところまで感じるのかと情けなさに拍車がかかる。なのに、放出直後で敏感になった身体は、どこまでも朔耶を裏切って、絶え間なく打ち寄せる愉悦を貪り続けている。

さらに、ぬちゃぬちゃとひっきりなしに響く音が、ドレスのなかがどんな悲惨なさまになっているのかを伝えてくるから、眦から生理的だけではないものがこぼれていくようで、いっそ恍惚のなかにすべてをゆだねてしまえればと、遠く視線を浮かせたとき。

「本当にいい音を奏でる。元華族とはいえ一皮剝けばただの男——いや、女ですか？　でも、古ぼけた家名にすがっているせいか、感度のわりに少々動きが鈍いようだ」

鼓膜に突き刺さる、低い声。ひずんだ声。

古びた精神にすがりつくだけのものでしかないと嘲《あざけ》られ、おぼろだった頭がきんと冴《さ》える。

「志堂家を、侮辱《ぶじょく》するな！　おまえごときがっ……！」

「おまえごとき……ですか。それがあなたの本音というわけだ。どこまで強がることか。男に犯されている身で」

ずん、と鋭く穿たれた最奥から湧きあがる痺れが、肌を妖しくざわめかせ、朔耶はぶるぶると身悶える。それを必死にこらえて、涙の膜越しに間近の男を矜持ひとつで睨《ね》めつける。

「楽しい、か…？　抜け殻の身体を…抱いてっ……」

つう、と頬を濡らしたものは、このさいもう知ったことかと放り出す。

「なにが抜け殻なものか、その目が。どれほど高価なビスクドールのグラスアイでも、結局はガラス玉でしかないと思い知らせてくれる、その目……！」

それは、少々の驚きでは大きさを変えることのない瞳孔と、揺らぎのない視線を持ちながら、周囲の光を取りこんで様々に表情を変える、一対の珠玉。

「いつも無様な私を映す、残酷な……鏡」

ただのガラス玉だと通り過ぎる者など、はなから存在もしないものとして。

そこに美を認めてすり寄る者など、相手にする必要のないものとして。

なににも染まらない、侵されない、絶対の高処に我が身を置いて。

冷徹なまでに純粋に、周囲のすべてを反映してみせる。

「ずっとそう……。六歳のあのときでさえ、あなたは高処に座する者だった」

ずぶ濡れになった薄汚い野良猫に、嚙みつかれるかもしれない恐れなど感じることもなく、小さな手を差し伸べることのできる少年。

「なのに、あなたの目のなかにいる私は、飢えて、傷ついて、惨めで、ぼろ雑巾《ぞうきん》のようで」

「俺は……おまえを見下した、わけじゃ……ない……」

拾ったのは同情からではない。ただ欲しかっただけだと、男に穿たれ、股間を濡らし、痴態ばかりをさらしても、なお穢《けが》れを知らぬ宝珠が語る。

「おきれいなものだ」

くっ、と氷室は喉を鳴らした。うつむいて、くくく、とひとしきり笑ったと思うと、突然、顔を上げて、激高した。

「私だけが、どうしていつも薄汚い？　そばにいたときもいまも、変わらずあなたを貶めたいと望んでいる……！」

だから、その目に映る自分が嫌いなのだと、傍らにいたときもまた惨めでしかなかったのだと、氷室は荒れる声に含ませて、朔耶が大事にしていたものを幻だと切り捨てる。

二人の日々を、思い出を、心の美しい場所に置いているのは、朔耶だけなのだと。

氷室にとっては、つらいだけのものなのだと。

「逃げてかまわないと言ったのに。この屋敷も志堂の名も、すべて捨てて逃げてくれれば、私も解放されたのに……。でも、もういい。私は、醜いままでいようと決めた……」

最後は独り言のように掠れてしまった告白めいた言葉の意味を、でも、こんな状況では定かに捉えることもできず、いったいなにから解放されたかったのかと、問い返そうとしたとき。

「もう、あなたは選んでしまった……」

あきらめのような呟きと同時に、腰を押さえていた手に力が加わり、ただでさえいっぱいだった腹部に、えぐるような衝撃が走った。

「……く……ああっ――……!?」

いきなりの暴挙に、愉悦とも悪寒とも知れぬ震えが全身を巡り、朔耶は驚愕に目を瞠る。

潤んだ視界に、見慣れた男の顔がある。なにかひどく懐かしい気配を感じて、朔耶は涙に濡れた瞼を瞬《しばたた》かせる。

「覚えておいてください。そして、忘れないでください。あなたの選択が、私をもっとも惨めな人間に堕としたのだと」

だが、時を戻したその顔で、氷室は思い出語りではなく、痛みばかりをぶつけてくる。

「だから、あなたも墜ちてください。私のところまで……！」

それが宣言。キンと夜の気配を切り裂く唸りのような声とともに、突き上げの勢いは激しさを増し、憤りを体現させた怒張は絡んだ内壁ごと引きずり出しては、また、押しこんでくる。

「な、なに…？　…っ……あぁぁ……!?」

「どれほど高貴な人であろうと、セックスに溺れ、墜ちるのだと——こうして私のペニスを咥えて淫らに喘ぐあなたを見ているときだけ、私は屈辱から解放される」

朔耶の脆い部分、感じる部分、とろかす部分、なにもかも知り抜いた指が巧みな動きで官能を引き出して、言葉どおりに朔耶を一体のセックスドールにしていく。

「あなたの人生を、この美しい身体を、私の楽しみのために使わせてもらいます」

けれど、ガラスの破片のように散っていく悪口に傷つけられているのは、朔耶以上に氷室自身なのかもしれないと、非道であるはずの男の目に苦悶《くもん》の色がよぎるのを見つけるたびに、朔耶は切なさとともに思うのだ。

「氷室……っ……」

名を呼び、知らずに掻き抱いていた髪から立ちのぼる整髪料の香りのなかに、氷室自身の雄の匂いを感じとって、ずくりと身のうちが疼いた。

そんな関係は、懐かしいあの日にはありはしなかったものなのに。いまこうして、氷室の存在が朔耶を性的に煽る対象になってしまったことに戸惑うその最中にも、身体は勝手に鼓動を速め、脳髄までも甘ったるくとろけていく。

「やっ…は…、っ……ああっ……！」

すっかり嗄《か》れた喉は、意味不明の喘ぎばかりを発している。もう動くことさえおっくうなのに、まだ足りない。もっと欲しい。浅ましい欲望に突き動かされ、朔耶は速まるばかりの抽送に応え、ドレスの裾をまくり上げ、粘液にまみれた剝き出しの尻を振り回す。

（こんなのは……違う……）

まるで女のように氷室に感じてしまうなんて、絶対に違うのに。悦び悶える内壁の、淫らなうねりが止まらない。

（違うのに……！）

麻薬のように、日々じわじわと、氷室という男にむしばまれていく。

やがて、それがなければ一時たりとも我慢できなくなる日がくるようで、朔耶は身震いするほどの陶酔感をすすりながらも、戦慄する。

「もう……、い、いやだっ、こんな……！」

流されそうになる心を最後の意地で抑え、きつい声音で自分を叱咤する。それをどう受け取ったのか、氷室の声が重くひずむ。

「だから、どうしようというんです？　逃げますか？　いやだろうとなんだろうと、あなたには

他に方法などないんですよ」

見つめれば、傲慢なセリフとは裏腹に、氷室の嘲笑はそれまでの威力を失い、苦悶の形に引きつっている。

「あなたがいないこの屋敷に用はない。すべて燃やしてやりますよ。がれきのなかに、ビスクのヘッドを探すといい」

どこまでも執拗に朔耶を追いあげる男の言葉に、なにか思いつめたような響きを感じるのに。けれど、快感に混濁している頭では、ぶつけられた言葉の裏にある意味など、ろくに考えることもできはしない。

「覚えておくといい。どこにも逃げ場などないのだと……！」

傲慢な外面をかなぐり捨てたいま、そこに氷室の本音があるかもしれないのに。頭の片隅に残された豆粒ほどの思考力は、ぐしょぐしょに掻き回される粘膜が味わうすさまじい官能に引きずられて霧散していく。あとには、ただ快感を貪る、熱くただれた身体が残るだけ。

絶頂の瞬間を目前にして、内部はさらに好き放題にのたうっている。

いっぱいに開いた先端がひときわ強く最奥をえぐったとたん、熱いぬめりが広がっていくのを感じ、朔耶は掠れた嬌声をあげながら、ほとんど同時に遂情《ついじょう》のときを迎えて身悶えた。

「……っ…あぁ……！」

だらだらと間延びして続く放出感に切れ切れの喘ぎをあげながら、いつの間にか太腿までめくれたドレスの下、氷室の上質なスーツの生地に、粘って糸を引く雫がぱたぱたと散っていくのを、朔耶は陶然と溶けた頭で他人事のように見ていた。

「はっ…はっ……」

乱れきった息を整えることもできず、そのまま氷室の胸にくずおれれば、ぴっちりとはまっていた交合が緩まって、尻がわずかに浮き上がる。どろりと肉の隙間から溢れ出ていくぬるまった液体にすら感じて、火照りを残した襞が快感の余韻に震える。

狂う……！

このまま犯され続けたら、本当に自分はどうにかなってしまう。男にすがり、犯してくださいと情けを求める日がくるくらいなら、なにもかも消しさってしまったほうがましだ。

「いつか、殺してやる……！」

まだ荒い息に紛れて、朔耶は吐き出す。

できもしないことを。八つ当たりでしかないことを。でも、心を裏切り続ける身体が許せず、こんな境遇に自分を貶めた男にすべての責任を押しつける。

「ああ、それはすてきだ。存分に私を憎みなさい。呪いなさい。一時たりとも忘れられなくなるほどに……！」

ぶつけられる言葉はひどく痛いのに、涙越しに網膜に焼きついた氷室の顔は、なぜだかやるせなく歪んでいる。

「明日から、もっと虐めてあげましょう。鞭《むち》や蠟燭《ろうそく》や、楽しい道具はまだたくさんある」

朔耶をさらに追い詰めようとしている双眸にも、もう軽蔑《けいべつ》や執着の色はない。獲物を狙う猛禽のごとき輝きもない。どこかあきらめにも似た苦渋の色が広がるだけ。

「一生、あなたを飼い殺しにしてあげます」

言葉とは裏腹に、まるで罪を贖おうとするかのように、そっと背に回された腕が朔耶の身体を掻き抱く。一方で、宝物を求めるような情熱と所有欲を剝き出しにし、また一方で、壊れものをあつかうような慈しみを滲ませる。

「私にとっても、それこそが夢だ……」

奇妙な違和感をともなったぬくもりは、それでもひどく心地よく。消耗しきった朔耶の身体を、ずるずると微睡みのなかに引きこんでいく。

「あなたが私を見ている。私だけに感情を向けている……バカげた夢……」

自嘲を含んだ男の声が、幻聴のようにどこか遠くから聞こえてくる。

「愚かな男の、世迷言《よまいごと》でしかない……」

とろりと溶けゆく意識のなか、朔耶を抱く男の腕は癒しを求めるように優しく、触れる吐息は甘やかに鼓膜を撫でさすっていく。

「………して…います……」

それは、夢でしかないけど。

4

「坊ちゃま、葉書がきておりますよ」

大学から戻った朔耶《さくや》が二階へと向かおうとしたとき、奥から顔を出した佐代《さよ》が、一枚のポストカードを渡してきた。

「あれ…? また、住所を忘れてる」

無機質な印字で朔耶の名と住所がプリントされているが、差出人の名前がない。ひっくり返せば、目に入るのは、可愛らしいアンティークドールの写真だ。

同じようなポストカードが、一週間ほど前にも送られてきたばかりだ。最初は、ひいきにしていた店からの案内状かと思っていたが。にしては、挨拶《あいさつ》文もなければ、店名すら印刷されていないのは、妙だ。写真の人形は、母が好きだったジュモー・トリステ——哀しみのジュモーと呼ばれる表情が、なにかを訴えかけているようだ。

(そうか、親父だ……!)

とっさにそう閃《ひらめ》いた。たぶん朔耶に、自らの安否を知らせようとしてるのだろう。周囲の迷惑もかえりみず姿をくらました父の、それが唯一の方法なのだ。

「そうか、よかった……」

どこにいるのかはわからないが、それでも、無事でいてさえくれればいい。

もしかしたら、失意のあげく母のあとを追って——などと、不吉なことも、ちらと考えなかったわけではなく。でも、そこまで弱い男とも思いたくなかった。

「だったら、絶対にこの家は守らないと」

どんな辱《はずかし》めを受けようと、父が帰ってくる場所を残しておかなければと、朔耶は再び心に固く誓う。そのためには、氷室《ひむろ》だけでなく、本来の持ち主にかけあっておいたほうがいいだろう。『志堂《しどう》コーポレーション』が『ＩＮＡＭＩ《イナミ》』の傘下に入って半月が過ぎた。色々と聞きたいこともあるのだが、まだ総大将にはお目にかかっていない。

「ちゃんと挨拶——いや、宣言しにいくべきかな。そろそろ」

独りごちながら階段を上がる朔耶の顔には、元華族の名に恥じぬ自負が溢《あふ》れていた。

めまぐるしく変化する大繁華街と、古い東京の風情が混在していた六本木《ろっぽんぎ》という街に、大鉈《おおなた》を振るうような力任せの再開発で、何年か前、突如出現した巨大ビル。

オフィスフロアとしては、日本でも有数の高さであることを誇示するかのように、緩《ゆる》やかな曲面を描いた窓際のソファに通されて、渋谷《しぶや》や恵比寿《えびす》の、すぐにそれとわかる高層タワーが、手でつかめるように見える景観に、朔耶は密《ひそ》かに目を瞠《みは》った。

爪先に触れるような有栖川《ありすがわ》公園、そのさきの自然教育園、慣れ親しんだ近所の緑地が思いのほか大きく見える。ならば志堂の屋敷も探せるかもしれない。とすれば、この部屋の主は、いつもここから自分を見下ろしているわけだと、居心地の悪さに包まれる。

「さて、俺に話というのはなにかな？」

イタリアあたりのだろう、モダンでシンプルなデザインのソファに、その男は、ゆったりと腰を下ろし、長すぎる足を悠々と組んで、対面の朔耶に問いかけてきた。

ブランド物かオーダーメイドか、ともかく上質なのは一目でわかるスーツの下、黒のカッターシャツの襟元は、ラフに開かれている。ワイルド系のショートヘアに、ノーネクタイだが、気取らないというより、めいっぱい気障《きざ》に見える。

傲慢《ごうまん》な笑みさえ自信を覗《のぞ》かせる精悍《せいかん》な顔立ちからは、どこぞのホストクラブのナンバーワンといった印象を受ける。だが、切れ長の双眸《そうぼう》には水商売に必須の愛想のよさはかけらもなく、油断のない光を放って、朔耶を捉《とら》えている。

相手の迫力に呑《の》まれまいと、背をぴんと伸ばして対峙《たいじ》しながらも、朔耶は、目の前の男のちぐはぐな印象に戸惑っていた。

（これが、井波東吾《いなみとうご》か……？）

三十四歳にして、オンラインショッピングモール『ＩＮＡＭＩ』を率いる男。

大学時代に友人二人とネットオークションのサイトを立ち上げ、その後のインターネット産業の急速な発展とともに、結果がすべての能力主義を大上段に掲げ、たった十五年で巨万の富を築いたベンチャー企業の雄《ゆう》。

だが、時代の寵児《ちょうじ》と呼ばれた男の野望はそれだけではおさまらず、最近では、Jリーグチームの買収やら、美術館やコンサートホールの設立やらと、社会や地域に還元できる事業も積極的に推し進めている。もっとも、どんなお題目を唱えようとも、投資か宣伝目的にしか見えないが。資金力にものを言わせたその手腕は、持ちつ持たれつをよしとする日本の経済界に馴染むものではなく、常に賛否両論を巻きおこしてはマスコミを騒がせている。

よきにしろ、悪《あ》しきにしろ、話題に事欠かない男である。

「今度の買収に関して、引っかかることがあって、それをお訊《き》きしたくて」

この男と顔を突きあわせて世間話もないから、単刀直入に、本題を切り出す。

「もうすんでしまったものを蒸し返すほど、俺も暇ではないんだが。相手が志堂家のお坊ちゃんとあれば無下《むげ》には断れないな——あ、失礼、タバコ、いいかな?」

一応、断りながらも返事は待たず、井波はテーブルの上のタバコに手を伸ばす。

(やっぱり吸うのか)

置いてあるのを見たときから気になっていた。大企業のオフィスなら禁煙が当たり前の昨今、社長室でタバコを吸っては、社員に示しがつかないのではないかと思うのだが。そういう気遣いはないらしい井波は、朔耶の視線などまるで頓着せずに、火をつける。

ダビドフ・マグナム、普通のタバコより一回りも太いインターナショナルサイズのそれが、大きな手に、しっくりとおさまっている。

「さて、なんだったたか?」

薄い紫煙を追いながら、つらっととぼけた口調で井波は、訊くともなく呟《つぶや》いた。

「なぜ『志堂コーポレーション』を、ターゲットに選んだんですか？」

どうやら間を外されているらしいと感じながらも、駆け引きなどできないからと、朔耶はどこまでも正攻法で問いかける。

「単純な理由だ。『志堂コーポレーション』は、お買い得な物件だったというだけのこと。ここ数年は業績不振に喘《あえ》いでいたものの、それ以前には確かな実績があった。取引先は世界四十カ国におよんでいる。グローバル化の時代、これほど将来性のある会社もない。だが、この五年ほどは社長の怠慢ゆえに、累積赤字は膨《ふく》らむ一方。それにともない株価は上場以来の最安値まで落ちこんだ」

ゆえに買いだと判断したのだと、井波はまるで、そのへんのスーパーの安売りタイムで買い物をするような気楽さで言ったあと、わざとらしくつけ加えた。

「おっと、失礼。怠慢は言いすぎか。きみの父上だったな」

「いいえ。事実ですから」

なにもかも井波の言うとおりだ。それも父がやる気を失った理由は、最愛の妻を失ったからという、実に私的なものだ。悲しみにくれ、我が身の不運を嘆き、千人の社員の生活をその肩に背負っていることを忘れた。

「ともかく、うちだけでなく、投資ファンドから見ても、実に魅力的なターゲットだったはずだ。事実、敵対的買収を懸念した『志堂』の役員から、提携の話を進めたいとの申し出があったんだ。

なにも脅し取ったわけじゃない」

「それはわかってます。でも、どうしても腑《ふ》に落ちないことがあって。『志堂』の株価が上昇するきっかけを作った、森村真希《もりむらまき》という個人投資家のことなんですが」

朔耶は、大学の研究室で、助手の市ヶ谷《いちがや》に話したことを、井波にぶつけてみた。

「ああ、あれね」

「奇妙だと思いませんか？　個人投資家が、三億もの借金をして株を買いあさるなんて」

「先見の明があったんだろうよ。『志堂』の株価の推移を見て、早晩、買収を仕掛けてくる企業が現れるだろうと見越しての、投資だったんじゃないか」

「それで、納得できますか？」

のらりくらりとこちらの質問をかわす男を射止めようと、朔耶は瞳を眇《すが》める。

「大量保有報告書が提出されたのが、『ＩＮＡＭＩ』がＴＯＢを発表した翌日ですよ。それでも変じゃないと？」

「ああ。あの五パーセントは、さっそく買ったよ。まずは株主総会で拒否権を行使できる三分の一を目指していたから、あれで三十五パーセントを手に入れることができた」

運命を分けた、五パーセント。それがなければ、いかに井波東吾であろうと、社長退任などという要求を突きつけることはできなかった。そこに朔耶は引っかかってしまうのだ。

「俺には、すべてが『ＩＮＡＭＩ』の都合のいいほうへと動いたように見える」

純投資として利鞘《りさや》を稼ぐだけなら、出資者の正体が知れないようにやるのが賢い方法なのに、五パーセント超えまで買い増して大株主に躍り出たのは、わざわざ大量保有報告書を提出する状況を狙ってのこととしか思えない。それによって、森村の裏に外資系投資ファンドが控えていることが知れる。あんのじょう、『志堂』の役員達は、敵対的買収のターゲットにされるよりはと、大慌《おおあわ》てで『ＩＮＡＭＩ』との提携を進めてしまったのだ。

「きみが言いたいのは、こういうことか？　俺が『志堂コーポレーション』を買収するために、その森村という人物を使って株価のつり上げをはかったと？」

「違いますか？」

「笑止千万だな」

からっと笑って、井波はタバコを灰皿で揉《も》み消した。

「意図的に株価を操作するのは違法だとか以前に、そんな面倒なことをしなくても『志堂』はすでに限界だった。社長の私邸まで担保に入れないと、融資さえ受けられないほどにね。いずれ債務超過に陥《おちい》って倒産の憂き目を見たはず。その時点で手に入れたほうが、よほど安くすむ」

このご時世、不良債権の処分は決して簡単ではない。

それこそ少しでも現金化できるならと、泣く泣く安価で叩《たた》き売られてる会社がどれだけあることか。『志堂コーポレーション』もあのままいけば、そうなったと井波は言う。

「今回の買収で俺にとって益があったとしたら、志堂の名前が地に落ちる前に手に入れられたということくらいだな。倒産となれば、名家の誉《ほま》れもなにもあったものじゃないからな」

「名家の誉れ……そんなものに、こだわるんですか、あなたが？」

「価値はあるだろう。いわゆる品格だ。俺には縁のない言葉だな」

「品格……?」

それを言うのか、この男が。

日本の企業が醸成してきた、持ち合い株による馴れあいの構図を嫌い、会社は株主のものであるという欧米型の価値観を全面に押し出して、マネーゲームを展開している男が、そんなカビの生えた名前に固執しているとは。一種のブランド志向なのだろうか。ダビドフのタバコと同じような感覚で、Jリーグのチームや元伯爵家を、名前ごと買う。

(つまり〝腐っても鯛《たい》〟ということか)

朔耶は、自嘲《じちょう》めいた笑みを口の端に浮かべる。

ならば、すべてを食らわれて無惨な骸《むくろ》となり果てようとも、心にだけは美しい銀鱗《ぎんりん》を踊らせていようと、毅然《きぜん》とした瞳をネット業界の覇者へと向ける。

「いまの『志堂』の、どこに品格が残っているんです?」

志堂の名を戴《いただ》いているだけで、会社自体は父が興したもの。残っているのは、縁故で役職を与えられたにすぎない無能な輩《やから》ばかり。五年ものあいだ、誰も父をいさめることもできず、なんら新たな方策も打ち出せず。あげく、自らの地位が危ないと思えば、敵にさえも寝返る。

「意外ですね。井波さんはもっと合理的な方かと思ってました。父の退陣に荷担した連中をいつまでも優遇している。志堂の親族はすべて追い出すくらいの気概がなければ、たとえ誰がトップに立とうが先行きは知れたものなのに」

「はっきり言うね」

つけつけともの言う朔耶を前に、井波は鷹揚《おうよう》に笑う。

「失うものは、もうなにもありませんから」

「まだ家がある。俺の一言できみは屋敷を追い出されるんだよ。文化的価値がなければ、あんな幽霊屋敷のようなボロ屋、さっさと売り払ってるさ」

「それはさせません。あの家は温存する、それが氷室との約束です」

「氷室は俺の秘書にしかすぎない。彼ときみとの口約束は、俺にはなんの意味もない」

実際、井波の言うとおりなのだが、朔耶は、いいえ、と首を振る。

「氷室は決して約束を違《たが》えたりはしません」

なぜだろう、あんな目にあわされたにもかかわらず、それだけは信じられる。いや、あんな目にあわされたからこそだろうか。

これで、もしも井波の気まぐれで、やはり屋敷は潰《つぶ》そうなどと言われたら、朔耶は本当に首でもくくるしかない。そんなことで朔耶に死なれたら、さすがに氷室も寝覚めが悪かろう。

「飼い犬に手を噛《か》まれたくせに、まだ信じられるか。そこまでいくと、いっそあっぱれだな」

でも、井波は朔耶の気持ちを知ってか知らずか、くっと楽しげな笑いを響かせた。

再びタバコに手を伸ばし、前屈《まえかが》みになった体勢で井波は指先をちょいちょいと動かして、耳を貸せと朔耶に示してくる。誰が聞いているわけでもないのに、それでも秘密めいた会話をしようとするとき、人はどうしても声を潜めるものなのだ。

「実際のところ、『志堂コーポレーション』の買収を進めたのは、俺じゃなくて氷室だ」

「…………!?」

「一族会社の牙城を突き崩すには、誰に飴《あめ》をしゃぶらせたらいいか？　もっとも欲得ずくで動くのは誰か？　外からでは見えない内情を教えてくれたのも、こちらにつくようにと水面下で動きかけたのも、氷室だ」

一瞬、息を呑んだものの、だが、それは想定内のことだと、朔耶は自分に言い聞かせる。

「今回の買収劇の裏で、氷室がなんらかの形で動いていることくらい、俺だって考えてました」

父の秘書をしていた氷室ほど、会社の内情に詳しい男はいない。叔父達の裏切りの陰で立ち回っていたのは氷室だろうとの予測くらいはついたのだが。

「じゃあ、これは？　きみの父上の退任を条件に入れてほしいと言ったのも、氷室だ」

さらにトーンを落として告げられた内容に、今度こそ朔耶は本気で言葉を失った。

てっきり叔父達が、保身のために持ちかけたのかと思っていたのに。まさか氷室の提案だったとは。朔耶は膝《ひざ》の上で、ぎゅっと両手を握り締めて、心を落ち着ける。

どれもこれも井波の口から語られているだけだ。当事者しか知りえない話を、一方から聞いただけで鵜《う》呑《の》みにするわけにはいかない。

(呑まれるな……!)

井波の言葉が真実のように聞こえるのは、飄々《ひょうひょう》としているようでいて、的確に朔耶の心の揺らぎを見つけて切りこんでくる鋭い眼力と、それを裏打ちする圧倒的な存在感ゆえだ。

自らが持つ能力を最大限に使って、井波はさらに耳を疑うような話を振ってきた。

「さっき、きみが言ったあれだ――『志堂』の株を買い占めた森村なにがし、あいつを裏から操っているのも、実は氷室じゃないかと俺は睨《にら》んでるんだけどね」

「えっ……!?」

「驚くほどのことじゃない。『INAMI』と『志堂』の両方の情報を握っているんだ。株価の操作はたやすいだろう。『志堂』にいたころから頻繁に海外出張にいっていた氷室なら、外資系投資ファンドと顔繋《つな》ぎをするくらい、いくらでもできたはずだし」

「じゃあ……実際に株を買い付けた森村って人物は、氷室の手駒にすぎないと?」

「俺はそう思ってる」

五年間、井波の下で羊の皮をかぶって仕えながら、『志堂』を買収する機会を狙っていたのではないかと、それが客観的な判断力でのしあがってきた男の意見だった。

「もっとも、これが本当に氷室の仕業なら、インサイダー取引になる可能性がある。両手が後ろに回ってもいいだけの覚悟と、一蓮托生《いちれんたくしょう》の仲間意識がなければできないだろう。けど、氷室と森村には接点がない。この二人の関係を明らかにしないと、氷室陰謀説は立証できないな」

「……接点、ですか?」

もしかして恋人では、と朔耶は閃いた。男と女なら、たとえ行きずりからはじまった関係だろうと、一気に濃密なものになる。氷室はどんな女でも惚《ほ》れこむほどに、いい男なのだから。

と、そこまで考えて、朔耶は砂でも嚙んだかのような、ざらっとした不快感を覚えた。

氷室の裏切りについて話をしているのだから、気分がいいわけがないのだが。けれど、会社を乗っ取られた件とはどこか違う、もっとストレートに感情に訴えるような——そう、なにとは知れぬ嫉妬《しっと》心のようなものが、胸のなかに渦巻いている。

(なにを焦《じ》れてるんだ……!)

自らを一喝して、朔耶は深く息を吸う。

「恋人ならどうです? 男女が知りあう機会なら、どこにでも転がっている」

「それはないな。性別不明の名前だが、森村真希は女じゃない。男だ」

「男……?」

「五億六千万もの買い物をするんだ。素性くらいは調べるさ。二十四歳の自営業者。そのときどきで流行《はや》りものに手を出しちゃあ、失敗してる。いちばん最近のが、風水を使った占いってんだから、胡散臭《うさんくさ》さもここに極まれりだな」

だからこそ、確かな情報源を持って、計画を練っている人物が裏にいるはずで。井波の勘では、それは氷室でしかありえないと言うのだ。

ぎしっ、と椅子《いす》を鳴らし、井波は背もたれに身体をあずける。

「で、思ったわけだ。だとしたら、氷室は志堂に恨みを抱いてるなと」

薄い紫煙をたどりながら、独りごちるように告げた。

(恨み……!)

その一言が、鋭い棘《とげ》となって朔耶の身のうちを引っ掻《か》きながら、駆け巡る。

氷室と再会してからこっち、もしや？　と頭のどこかで考えていたことだが、それでもはっきりと誰かの口から聞かされると、やはりショックは隠せない。

「そんなこと……あるはずがないです。父は氷室を信頼していた。だからこそ、秘書として重用したんだし。母だって——そう、母は氷室を息子のように可愛がってた……！」

自然と声が乱れてくる。知らずに腰を浮かし、両手をテーブルについて身を乗り出していた。

「通夜のとき、氷室が見せた涙を、あなたは知らない……！」

そう。氷室は母の死に涙したのだ。

闇の帳《とばり》に包まれた庭の片隅で、木立に身を隠しながらひっそりと涙を流していた姿は、いまも脳裏に焼きついている。

強い男だった。身体だけでなく、強靭《きょうじん》な意志を持った男だった。九年間、傍らにありながら、涙など見たのは、あとにもさきにもあの一度きり。

——ああ、そんなにお袋が好きだったのか。

そう思ったことを覚えている。

だから、葬儀のあと、氷室が姿を消したと聞かされたときの驚愕《きょうがく》ははんぱではなかったが、心のどこかで納得もしていた。氷室が大事にしていたのは母だけだったのだと、他の誰も氷室の気持ちを引き止められるほどに大きな存在ではなかったのだと。

「恨みなんかない。あるはずがないっ……！」

自分は捨てられたのだと、えぐられるような胸の痛みとともに知ったあの瞬間、裏切られたとの恨みにも似た気持ちを味わったのは、むしろ朔耶のほうだ。

最初に手を差し伸べたのは朔耶だったのに、それすら氷室の記憶には残らず、主人として慕うには頼りなく、母の付随品として大事にされていただけなのかと。心に通いあうものがあったと感じていたのは自分だけだったのかと。

そのことが寂しくて、つらくて、葬儀のあいださえも涙も見せず凛《りん》とこうべを上げていた朔耶だったが、空っぽになった氷室の部屋を見たとき、一気に力つきて泣き伏してしまった。

あの日以来、悲しみで泣いたことはない。

「氷室は志堂を捨てたけど。それは、恩義を感じていた母が亡くなったからで……」

井波にではなく、自らに言い聞かせるように繰り返す朔耶の胸のうちに、だが、疑惑という名の黒い染みがじわじわと広がってくる。

いまの朔耶に対する氷室の仕打ちは、まさに恨みを持つものの態度ではないか。人形として夜ごとに繰り返される辱めが、他のなんだというのか。

そんな朔耶の不安を見抜いて、井波が問いかけてくる。

「本当に、なんの心当たりもないのか?」

猛禽の鋭い目。戦う男の目。

腹心の部下さえも冷徹に分析しようとする、企業家の目だ。

「きみは知らなくても、氷室が引き取られる以前に、なにかあったんじゃないのか?」

私情を挟まぬ確かな判断力を持った男が、朔耶の胸に落とす不安の影。

「あるわけがない。子供一人引き取るんですよ。ちゃんと調査はしました」

七歳のときに親に捨てられ、児童養護施設に入れられたのだと聞いた。

義務教育が終わった時点で、施設から出て、中学の教師に保証人になってもらい、アパートと仕事先を見つけ、かつかつの生活をしながら半年。家賃すら払えなくなってアパートを追い出されたあげくが、あの出会いに繋がるのだ。

それ以前に、氷室と志堂の接点など、どこにもない。

「親って、亡くなったんじゃなかったか？　俺はそう記憶してるが」

ふと井波が、思い出したように言った。

「いいえ。俺は、行方知れずになったと聞いてます」

「あいつ、五年分の有休を溜めこんでるんだが、年に一度、親の命日にだけは早退するんだ。下のフロアで女性軍に訊いてみろ。詳しいぞ、そりゃあ」

つまりは、ここでもやはりモテモテということらしく、むらっと臓腑《ぞうふ》が発熱したような気がして、絶対に訊くまいと、朔耶は決めた。

「どっちにしろ、志堂の家に来る以前のことは、うちとは関わりなどありません。そんな幼いころのことより、『ＩＮＡＭＩ』に勤めていたあいだに、氷室をあそこまで変貌させてしまうなにかがおこったのだと考えたほうが、ずっとしっくりくる」

「や、それこそないな。氷室はそれほど俺にも会社にも興味はない。あいつが執着してるのは、たった一人だ」

視線を、まっすぐに朔耶へと向ける。

「ぬけぬけと、きみを屋敷ごとくれと言ったんだぞ、あいつは」

「————…!?」

唐突に自分のことへと話を向けられ、朔耶は瞠目《どうもく》した。よもや氷室は夜ごとのいびつな関係すらも、仕事の一環として報告しているのかと、朔耶は瞠目した。ただでさえ白い肌から、血の気が引いていく。

すとんと脱力して腰を下ろした朔耶に、井波は先回りして、ストップをかけてくる。

「言わんでくれよ。なにをされてるのかなんて聞きたかない」

どうやら、報告は受けていないまでも、想像はつくらしい。

そのほうがよほど恥ずかしいと、色をなくしていた朔耶の頬《ほお》が、さっと羞恥《しゅうち》の色に染まる。

「ビスクドールか——まさに生き人形だな、きみは」

およそ人形になど興味もなさそうな男が、思わず呟いて。らしくないな、と苦笑いする。

「や、見とれてる場合じゃないな」

切り替えの速い男は、脂下《やにさ》がった顔を、一瞬で真剣そのものの表情に変える。

「けど、志堂宗介《そうすけ》を社長の座から追い出すこと、きみを手に入れること、それがあいつの目的だったことは確かだ」

だとしたら、それこそ理由がわからない。

出会ったとき、朔耶はまだ六歳だ。そんな子供に、いったいどんな恨みを抱くというのだ。

たとえ朔耶が主人風を吹かす、どれほど我《わ》が儘《まま》でいやな子供だったとしても——むろん、そうだったとは思っていないが、もしかしたら意識もせずに、引き取ってやったのにとの恩着せがましい態度が滲《にじ》み出ていたのかもしれない。だが、昔の借りを返そうとしているにしては、いま氷室が朔耶にしていることは常軌を逸している。

（二十九にもなったいい大人が、子供の喧嘩《けんか》を、あんな形で発散するか？）

ドールコレクターのなかには、所有している人形のことを〝うちの子〟と呼ぶ者が多い。ペットを擬人化して呼ぶのと同じ感覚なのだろうが、そこには少々いきすぎと思えるほどの深い愛情があるものだ。

だが、氷室が口にする〝お人形さん〟や〝可愛い子〟は、ひどく薄っぺらに感じる。ただ形だけなぞっているようで、口調も、言葉も、仕草も、なにもかもが胡散臭い。自分の所有物だということを告げるためだけに、機械的に使っているような気がしてしまう。

にもかかわらず、愛撫は恐ろしく執拗で粘着的だ。セリフはどれも芝居がかっているのに、触れてくる唇や舌や吐息はどこまでも熱く、たとえ白手袋に覆われていても指先の脈動は確かに伝わってきて、布一枚の隔たりがもどかしいほどなのに。

それに溺《おぼ》れたくないと強がる朔耶の反応を観察しながら、さらに翻弄《ほんろう》しようとするとき、氷室の瞳のなかには〝遊び〟ではすまない焔《ほむら》が、確かに燃えたつのだが。

熟慮するには、すでにとろけた思考は役には立たず、身体は勝手に快感ばかりを追ってしまうから、目に映るものさえ曖昧《あいまい》になって、そのとき氷室の、漆黒の瞳のなかに隠れているものの正体を見極めることなどとうていできず、結局、朔耶はいまもなお戸惑っているだけなのだ。

けれど、あの行為が恨みの転じた形だとすれば、それはいつ、氷室のなかに芽生えたのか。

(引き取られる以前に、だって……?)

はじまりは、あの雨の日の出会いだと思っていた。そのことに疑問を持ったことはなかった。

だが、どうして氷室は、わざわざ志堂家の門前にしゃがみこんでいたのか。

わざわざ車に飛びこんだのは、本当に父の言うように、いくばくかの金ほしさの無謀な行為だったのか。確かにあのときの氷室の生活は、相手かまわずにそれくらいしてもおかしくないほどひっ迫していた。誰の目にも、そう見えた。

だが、もしも目的が違っていたのだとしたら。

欲しかったのは、金ではなく、志堂家に入りこむチャンスだったとしたら。

(最初から……乗っ取りのために……?)

九年間も、ただそのために。いったいそれは、どれほどの忍耐を必要とすることだろう。

でも、あの男ならやり通すかもしれない。朔耶だけが間近に見た殺伐《さつばつ》とした表情を、穏やかで冷静な秘書の仮面の下に押し隠してきたのだから。


小一時間、話をしたあと、見送りなどめっそうもないと辞退したにもかかわらず、ちょうど出かけるところだからと、井波は朔耶とともにエレベーターに乗りこんだ。

社長室のあるフロアから三階下までが『ＩＮＡＭＩ』のオフィスだが、セキュリティのためなのだろう、さらに下の階へ行くには、エレベーターを乗り替えなければならない。

氷室より上背のありそうな井波の背中を見ながら、受付を通り過ぎようとしたとき、背後から耳慣れた低音が、呼びかけてきた。

「朔耶さん、いらしてたんですか？」

振り返ると、オフィスから出てきたらしい氷室が、足早に歩み寄ってくるところだった。

その顔が、いつもより強張《こわば》っているように見えるのは、ここが会社だからなのだろう。

「ああ、井波さんに、今後の会社のこととか訊いてたんだ」

「それなら、私に言ってくだされば、ちゃんと社長にご紹介したものを」

自分を通さずに井波に直々に会いにこられては、志堂家をあずかっている者として、面目《めんぼく》が立たないということなのだろう、視線もいつもよりきついような気がする。

「堅苦しいことを言うな、氷室。俺はハゲタカのような乗っ取り屋とは違う。朔耶くんが納得がいかないというなら、いくらだってつきあうさ」

だが、井波にぴしりと諭《さと》されれば、それ以上よけいなことは言えず、帰るのならエントランスまで送るとだけ申し出てくる。が、それすら井波は断ってしまう。

「せっかくべっぴんさんとのドライブなんだ。邪魔するな」

出かける用事があると言っていたのに、洒落《しゃれ》っけたっぷりの男の頭のなかでは、それは朔耶とのドライブという言葉に変換させているらしい。

一階まで直通のエレベーターに、井波に背を押されるようにして乗りこむと、閉まっていくドアのあいだから、冷え冷えとした氷室の双眸が見えたような気がした。

「ふ……。ヤキモチ妬《や》いてやがる」

くくっ、と井波が楽しそうに笑う。

「で、あの男のことだが、なんなら俺が調べてやろうか？」

唐突に、そんな提案をしてくる。

「俺は能力主義なもんで、氏素性《うじすじょう》はあまり気にしないんだ。あいつを雇ったときにも、志堂家に勤めてた実績があったから、深く詮索はしなかったんだが。なんなら過去にさかのぼって、施設に入った経緯や、両親のことも調査してやろう」

ご親切すぎる申し出に、朔耶は、いったいどういうことだろうと目を瞬《しばた》かせた。

「……どうして？」

「う～ん、どうしてかなぁ。まあ、俺も氷室にはなにかと世話になったからな。あいつ、脇腹に傷痕《きずあと》があるの、知ってるか？」

「傷痕、ですか？」

「狙われたのは、俺なんだ。昔の女遊びのツケを食らったんだが……」

それを氷室が身をていしてかばった結果の傷痕だと、井波は苦笑する。

傷痕と聞いた瞬間には、記憶にあるあれのことかと思ったが、どうやら朔耶が思ったこととは無関係の話のようだ。

「まあ、あっちはあっちで、掠《かす》り傷ひとつで俺に取り入る腹でもあったのかもしれないが」

だが、それでも借りは借りで、どうやって返したものかと思っていたから、これはちょうどいい機会なのだと井波は言うのだが。氷室の過去を暴くことは、むしろ氷室が隠したがっている弱みを掘り起こすことになるのではないだろうか。

「それで、どうして借りを返すことになるんですか？」

「まあー、だから、なんだよ、不器用な男ってのはいるってことで」

「意味が、全然わかりません」

「だろうな。俺もなにがわかるってわけじゃないんだが……なんとなくなぁ、あいつがなにに執着してるのかは、わかってきたような気がするし」

言って、井波は、ちらと朔耶を流し見た。

「まったくなぁ、人間ってのはやっかいなもんだ。意地っ張りってーか、わざわざ手間暇かけて最悪の方法を選んだりするもんだ」

「あの……？」

「や、ただのでっかい独り言だ。聞かなかったことにしてくれ」

いかにも今風なショートヘアをガシガシと掻きながら、井波は豪快に笑う。

「はあ……？」

勝手に言って、勝手になかったことにして――なんのことだかさっぱりわからない。

でも、この男はなんとなく、思っていたほどには、冷血な企業家というわけでもないらしいと朔耶は感じはじめていた。

　もっとも、井波のもの言いや態度のすべてが芝居という可能性もあるが。そこまで人を信用できないほどに気持ちが荒《すさ》んでしまったのなら、それこそ元華族としての矜持《きょうじ》の象徴である、あの屋敷にしがみついている必要もないのだ。

　そうこうしているうちに、エレベーターが一階に着いて、さきに外に出た井波は、朔耶を待ち受けて、告げた。

「まあ、氷室のことは悪いようにはしないから、俺に任せてくれないか」

　どんな自信があるのか、堂々とそう言いきれる男に羨望《せんぼう》さえ覚えながら、朔耶は薔薇《ばら》色の唇に、微苦笑を刻んだ。

「わかりました、あなたにお任せします。でも、これは氷室のプライバシーです。それがもしもあれを貶めるようなことなら、調査はすぐにやめてください」

　朔耶はそう言って、頭を下げた。

「う〜ん、たまげた。本当にいいとこのお坊ちゃんなんだな」

　オフィス層専用のエントランスホールは、一隅を占めるカジュアルなカフェにくつろいだ顔が並ぶ一方で、エレベーター前には入館者をチェックするゲートが設《しつら》えられ、常駐する警備員の頭上には、入居会社を示すシルバーのプレートが、いかめしく光っている。

　六本木でもひときわ近未来的印象を放つ超高層ビルに、最新の設備とステイタスを求めて集まった、俗に勝ち組と呼ばれる企業名の羅列。その最上段に堂々と自社名を掲げて、ふんぞり返っていられるご身分の男が、こっちが照れ臭くなる、と苦笑いする。

「いまの時代にきみみたいな人間もいるんだなって、ちょっと感動してるわ。曲がってないって感じだな、ちっとも」

「どうでしょう？　ただ、他人の目を恐れるようにはなるなと、それが祖父の教えでした」

「ああ、元伯爵だっていう？」

「もうどうでもいい呼称です。歴史の教科書に出てくるくらいで」

「でもないぞ。むしろ昨今の若い連中には、身近なんじゃないかな。うちでもオンラインゲームを展開してる——ほら、あれだ」

井波はホールの壁にかかっていたパネルの一枚を、指さした。

精密に描かれたCGイラストのなか、ドラゴンに向かっていくアニメ調の少年と少女は、そのオンラインゲームに登場するキャラクターなのだろう。

「仮想空間にひとつの国を作って、ゲーマーはそこでプレイするんだ。最初は一律にその国にたどりついた旅人からはじまって、ゲームが進んでいくにしたがって、職業や身分も選べるようになるんだが、貴族になりたがるやつは多いぞ」

バーチャルの世界だけで通用する通貨を貯《た》めて、爵位を買うこともできるが、怪物退治をしたり、戦《いくさ》で武勲をあげたりすると、その貢献度によって叙爵されるシステムだという。

「ゲームのなかで貴族になるんですか？」

「ああ。魔法使いでも、お姫様でも、学者でも、なんにでもなれる。でも、いちばん人気は貴族だな。公爵とか、伯爵とかって響きにも憧れがあるんじゃないか」

「憧れ、ですか……」

だが、現実の華族は、それほどいいものではなかった。

優雅な暮らしをしていたのは、もともと十五万石《ごく》以上の大名華族や、経済的に成功した叙勲華族で、たいていは慎ましい暮らしぶりをしていたと祖父から聞かされていた。

裕福だった者とて、戦後の財産税で高額な税金をかけられて、没落していった。

志堂家もなんとか屋敷ひとつは残せたものの、それすらもう隣に立つ男のものなのだ。

堂々たる自信を漲《みなぎ》らせて、世界に広がるネットワークを駆使して、高処《たかみ》を目指す男の。

なのに、朔耶は、百二十年以上も前の伝統に縛られて、身動きできずにいる。

元華族でさえなければ、祖先から受け継いだ屋敷と矜持さえなければ、さっさと逃げ出していたものを。

「不思議なものですね。イマドキの若者が、貴族の名を欲しがるなんて」

「金より名誉なんじゃないか。現実では無力でしかないから、バーチャルのなかだけでも尊敬される人間になりたい——そんなちっぽけな気持ちをくすぐって、儲《もう》けてる俺は、とことん人間のクズだな」

言葉とは裏腹に、少しだけ鼻にかかったハスキーな低音に、卑下《ひげ》するような響きはない。

「けど、俺もいちおうポリシーは持ってる。たとえゲームのなかだろうと、貴族と名乗るからには、それに見合った義務を課してる。高貴な者ほど、重い責務があるとね」

「ノーブレス・オブリージュですか？」

「うお！　さすがモノホン。さらりと言ってくれたな」

やっぱり貴族様はこうでなくちゃ、と感心するその顔は、三十四の男にしては妙に子供じみていて、朔耶はちょっと啞然《あぜん》とする。

なんだか妙な男だ。ホストのように見えたり、尊大な経営者だったり、子供っぽかったり、ころころと印象は変わるのに、そのどれもが井波東吾でしかありえない強烈な印象を放っている。

（意外といい人なのかも……）

自分を褒めてくれたからというのは、ずいぶんと短絡的だが。たとえゲームであろうと、貴族は責務を負うべきと考えている人なら、信じられそうな気がするのだ。

たとえ、それが芝居であろうと、初対面にもかかわらず、井波は朔耶が心地いいと思う言葉を繰り出すことができる。他人がなにを望んでいるかを、瞬時に見抜くことができる。

それこそが、ネット業界の寵児と呼ばれた男の、希有《けう》な才能なのだろう。

「お話してよかったと思いました。井波さんが成功された理由が、なんとなくわかりました」

「え、そうか？　俺、ちょっとはいい男かな？」

ずい、と鼻先が触れそうになるほど乗り出してきた井波に驚いて、わずかに身を引きながら、朔耶は吹き出した。

「はい。なかなかいい男だと思います」

「いやぁ～。そのへんの女に言われても、おべっかにしか聞こえないが。きみに褒められると、なんか年甲斐《がい》もなくうきうきするな。かーっ、どうするよ、俺、いい男だってー」

どうやら本気で照れているらしく、井波はワイルドな短髪をばりばりと掻きながら、視線を周囲へと飛ばす。

（なんか、変な人だな）

悪い意味ではなく、経営者としてじゅうぶんすぎるほどの威厳と余裕があるのに、反面、子供のような無邪気な顔も持っていて、そのアンバランスさが面白《おもしろ》くて、ついついつられるように笑ってしまった。

「うわ。その笑顔がまたいいわ。チャームでノーブル。しかめっ面《つら》なんかしてないで、そうやって笑ってろよ。百倍、美人だ」

人目など気にもせずに、からりと言う男の声には、飾り気のない響きが溢れていた。

（ああ……、なんだかずいぶん久しぶりに、声を出して笑った気がするな）

氷室に再会してからこっち、もうずっと笑い声は喉元《のどもと》にわだかまって、音になってくれなかった。喘ぎや、罵倒《ばとう》や、懇願や、悔し涙とともに出る嗚咽《おえつ》や、そんなものばかり口にしていると、そのうち本当に心まで濁ってしまいそうになると、鬱々《うつうつ》とした日々が続いていたのに。

井波は、出会って一時間で、最初はがちがちに緊張していた朔耶の心をほぐしてしまった。

それこそ、魔法のように。

もしかしたら、井波こそが、ゲーマーなのかもしれない。

力を溜め、アイテムを手に入れ、攻撃力や防御力を高め。

この日本という国のなかでどれだけ成り上がれるか、『INAMI』という会社を使ってゲームをしているのかもしれない。

合理性を追求するビジネスマンの顔をしながら、一方で、子供の瞳を持って。


「特別なお客様を招待して、アンティークドールの鑑賞会を開きたいのですが」

深夜を過ぎて帰宅した氷室は、珍しく自ら朔耶の部屋に足を運び、唐突にそう切り出した。

ベッドに入ってもなんとなく寝つかれず、本を開いていた朔耶だったが、見ていたのはしおり代わりに挟んだ、父からのポストカードだった。

「皆さん、ビスクドールの収集家として有名な方々ばかりです。私が特別なお人形を手に入れたとどこから聞きつけたのか、ぜひとも見せてほしいとおっしゃるので」

特別な人形とは、当然、朔耶のことで。いつだったか、責め言葉として提案をされたことはあったが、今度のそれは戯言《ざれごと》ではなく本気の命令だった。

「で、そのさいの衣装ですが。ドレスも可愛いんですが、せっかくの珍しい日本製のビスクドールなので、和装がいいんじゃないかと思うんです」

氷室は、両手に捧げ持っていた三つ折りのたとう紙を、ベッドの上に置く。着物を保存するための和紙で作られたそれを、丁寧に開きはじめる。その隙に、朔耶はポストカードごと本を閉じ、氷室の視線から逃すようにさりげなく脇にどける。

「どうぞ、あなたのためにあつらえた着物です」

言われて目をやれば、たとう紙のなかにあったのは、絹地の着物と、紗紬《しゃつむぎ》の帯。

鮮やかな緋《ひ》色の地に描かれた現代風の柄は、季節無視の大輪の白薔薇だ。手に持てば、それは羽衣のように軽い。指先が透けて見えるほどに薄く、絽《ろ》や紗のように透けることを考慮して襦袢《じゅばん》と合わせる着物とも、どこか印象が違う。むしろ、それ自体が長襦袢のようだ。

「襦袢は？」

「ありません。それは直に着るためにこしらえました。もちろん、腰巻きや裾よけなんて無粋なものは不用です」

「直にって……？」

だが、これでは肌が透けて見える。下着もなしとなれば、身体のラインだけでなく、性器までうっすらと見えてしまうかもしれない。

そこまで考えたとき、氷室の思惑が読めた。

あえて見せようとしているのだ、朔耶の恥ずかしい姿を。そして、透けた着物で人前に立つ、その想像もできない恥辱を朔耶に味わわせたいのだ。

「おまえ……！」

きっ、と鋭い視線で仰いでも、氷室は常に変わらぬ薄笑いを返してくるだけ。

「否とは言わせません。招待するお客様は、どなたも『志堂』とは浅からぬ縁のある方々ばかり。

会社の再建を懸けているこんなときこそ、最上のご接待をするべきでしょう」

　そこで言葉を切って、氷室はつかの間なにかを考えて、つけ加えた。

「それに、どうやらあなたはじっとしてるのがお嫌いなようだ。井波社長のご機嫌とりをしにいくくらいなら、もっと会社のためになることをしていただきます」

　いつもの芝居がかった口調で仰々しく理由を説明しはじめたかと思ったのに、井波の名が出たとたん、妙に声が硬質になった。

「あれは……井波東吾という男を見極めたかっただけだ」

「どうでもいいですよ、そんなこと」

　突き放したようなもの言いで、氷室は自分から振った井波の話を打ちきって、ふいとそっぽを向いてしまう。言葉とは裏腹に、ちっともどうでもいい反応ではない。

（なんだ？　俺が井波さんに会いにいったことを、怒っているのか？）

　朔耶と井波が顔を合わせてしまえば、否応なしに話は氷室のことになる。お互いしか知りえない情報を交換してしまう、それが氷室的には困るのだろうが。

　にしても、この態度はかなり妙だ。怒っているというより、拗《す》ねているように見える。

「その着物で着飾ったあなたなら、名うてのドールコレクターであろうと、唸《うな》るでしょう。ああ、でもご心配なく。貴重な品ですから、美術品同様、見るだけということは徹底しますから。なんなら展示品にはお手を触れないことと、貼り紙でもしておきましょうか？」

　話題は本線に戻っただけのように思えるが、無理やり感は否めない。

「よくも次から次へとバカげたことを思いつく……」

本当に、この男はなにをしたいのかと、朔耶は嘆息する。

どうやら井波のもとを訪れたのがお気に召さなかったらしいことは、わかった。

鑑賞会とやらも、こっそり井波に会いにいったことへのお仕置きなのかもしれない。

氷室は秘書としてこの屋敷の管理を任されているだけで、所有権は井波にある。さすがに正面きって井波に会うなとは言えない分だけ、行動がねじ曲がったと、そういうことなのだろう。

「峰岸《みねぎし》のご隠居様、支倉《はせくら》翁、元衆議院議員の大河原《おおがわら》先生——皆様、楽隠居を決めこんでいらっしゃるが、なかなか夢中になれるものがないとこぼしていらっしゃる」

〃遊び〃というものは、たとえ大人がやろうと、結局は子供じみたものだ。

たとえば、氷室が招待しようとしているコレクター達などは、その最たるもので。老人であろうと愛玩具に興じるさまは、人形遊びに夢中の少女と変わりないほどに幼い。

それは井波も同じだった。子供の顔でネット業界を牛耳《ぎゅうじ》る遊びを楽しんでいた。

だが、氷室の〃遊び〃には、わくわく感がない。どんな奇天烈《きてれつ》な芝居の最中でも、瞳に情欲らしきものを宿していても、ちゃんと計算高い大人の顔をしている。

理由はどうあろうと、朔耶を貶めることが本当の目的だとしたら、そこには溢れるような喜びがあっていいはずなのに。心の底からの笑みなどついぞお目にかかったことがない。

なにかをまだ抑えている。なにかを隠している。

井波が言ったように、目的はあるのだ、確かに。

そのために五年前に姿を消し、『ＩＮＡＭＩ』に勤め、『志堂コーポレーション』の乗っ取りを計画し、朔耶を人形に貶めた。完璧に計画を練って進めてこなければ、こんなにも絵に描いたような展開になりはしない。

ことをなし遂げるには力がいる。才能だけでも、運だけでも、人は夢をかなえられはしない。もっとも重要なのは、絶対にかなえたいと思い貫く意志なのだ。

氷室にはそれがある。確かに誰よりも強い情熱がある。

それがなにに起因しているのか。なにが氷室をこうまで突き動かすのか。決して他人に誇れるでもない荒んだ道へと。

（いくらだって、おまえ……もっときれいな未来を得られるだろうに）

決して哀れみではなく、ただ氷室の選択があまりに惜しいと思い見つめたさき、でも、氷室はそうは受け取らなかったらしい。

「同情ですか？」

哀れまれていると思う氷室の心こそが、向けられる視線をそういったものにねじ曲げるのに、なぜ気づかないのだろうか、こんな聡《さと》い男が。

「そうじゃない。ただ……どうしてそうも悪ぶりたいのかが、わからない」

朔耶は虚《むな》しく思い、首を横に振る。

「悪なんですよ、実際に」

くっ、と喉を鳴らすと、氷室は緋色の着物を朔耶の肩にかける。

「あなたは知らない。こうして虜囚《りょしゅう》の辱めを受けてもなお、曇ることない目をしていられるほど確固とした矜持を持っているあなたには」

その美しさに見惚《みほ》れるように目を細め、比べて、自分はどれほどに醜い生きものかと、自嘲するでもなく告げてくる。

「胸を張って誇れることが、この世のすべてじゃないんですよ」

きっぱりと決めつけるほどに、確かに氷室はなにかを持っている。

誰にも威張れないことなのかもしれないけど。他人に知られたら困ることかもしれないけど。なにかとてつもない強い感情を内在させているにもかかわらず、それはまだ氷室の深淵《しんえん》に隠されていて表層には出てきていない。

「私はこのままでいい」

そう言い捨てる氷室の瞳に、一瞬よぎる、昏《くら》い焔。

ときどき見せるそれの意味も、まだ朔耶はつかみかねている。

(俺が……逃げればよかったのか?)

選択したのは朔耶だと、氷室は言った。責任転嫁だと思ったあれは、でも、もっと深い意味を含んでいたのかもしれない。

賭《か》けたのかもしれない、氷室は。二分の一の確率に。

一方を選べば、二人ともに自由になれる。

もう一方を選べば、二人ともに縛られる。

その選択権を朔耶に託し、心のうちでは、いっそ逃げてくれと願っていたのかもしれない。

(もう手遅れなのか?)

いま、朔耶が選択を翻《ひるがえ》して、氷室が恨んでいるものすべてを捨てても、ここまで歪《ゆが》みきってしまった男の心を救えはしないのか——と、そこまで考えて、朔耶は苦く笑う。

(そうか。まだ……氷室を救いたいんだ、俺は)

誰が見ても、救われたがっているのは朔耶で、氷室は楽しんでいるだけのような構図だろう。なのに朔耶には、うそ臭い笑みを刻んだ氷室が、こうして押しつけてくる無体な要求の数々が、なぜかの悲鳴のように思えるのだ。

否と言ってくれと。逃げてくれと。こんなことをしたいわけじゃない——本当の望みは、もっと美しいものであったはずなのに、なぜこうも歪んでしまうのかと。お願いだから、暴走していくばかりの自分を止めてくれと、そう訴えかけているような気がしてならないのだ。

(本当におめでたい、俺も……)

まだなにか、氷室に期待しているのだ。

自分が拾ってやった野良猫との優しい日々が忘れられず、朔耶の傍らにあったときの姿こそが氷室の本性だと、そう信じたがっているだけで。

それすら、思い出のなかの姿を押しつける、傲慢な行為なのかもしれないのに。

七歳の朔耶のいちばんの悩みは、来週からはじまる水泳の時間だった。

「水の中で目を開けられないなんて、きっと僕だけだよ」

泳ぎはできる。バタ足なら得意だ。でも、どうしても水の中で目を開けるのが怖い。ついでに息継ぎもうまくできないから、十メートルほどでギブアップしてしまう。

二十五メートルプールを、途中で足をつくことなく泳ぎきりたい。それは小学二年生にとって、目の前に立ちはだかるモンスターのような巨大な障壁だった。

「女の子達もいっしょなのに、僕だけ泳げなかったら、カッコ悪いよ〜。だから氷室、今日から一週間、スパルタ教育するからね」

右手に浮き輪を、左手に氷室の手を握り、朔耶は特訓の場であるバスルームで宣言する。

お風呂でこっそり練習するのは、なかなか名案だ。バスタブの縁にしがみつけば、七歳の朔耶の身体はぷかりと浮く。バタ足の練習もそうしてやったのだが、志堂家のバスルームが一般家庭のそれより広いということまでは、朔耶は知らない。

「うん、がんばるぞ」

筋肉のないへなちょこな腕で、朔耶はガッツポーズをしてみせる。

なのに、先生役の氷室はちっとも真剣になってくれない。バスタブに寄りかかって、お祖父様が、ああ……いい湯だ、と言ってるときみたいに呑気《のんき》な顔をして、朔耶を見てるだけだ。

「もー、ちゃんと教えてよ。スパルタ教育するんだから」

「え？　俺が教えるんですか？」

「そうだよ。氷室、泳げるんでしょう？」

「泳げますけど。さっきから、スパルタ教育するんだ、するんだ、って言ってるから、俺のほうがしごかれるのかと思ってました。志堂家流の身体の洗い方とか、なにか作法があるのかなと」

「ほえ～？」

「俺が教えるなら、坊ちゃんはスパルタ教育されるほうです」

しばし意味を考えて、むう～、と朔耶は口を尖《とが》らせた。

氷室はいつもは優しいけど、ときどきちょっと意地悪だ。言い間違いをしていることも全部わかっていたくせに、わざと気づかないふりして見ていたんだ。

「どっちでもいいよ。早く教えて！」

「教えてください、ですよ。人にものを頼むときには、ちゃんとお願いすること。へりくだることも覚えようね、お坊ちゃん」

あぁーっ、もう、本当に意地悪だぁ～！

氷室のしゃべり方がイヤミなんだと、癇癪《かんしゃく》をおこしそうになったものの、でも、きっとこれは覚えなきゃいけないことなんだと、朔耶は反省する。氷室の言うことは、お祖父様の言うことに似ている。『へりくだる』っていうのは、きっと大切なことなんだ。意味はわからないけど。

「教えてください、氷室先生。僕、泳ぎがうまくなりたいんです」

だから、頭を下げてお願いする。裸ん坊で浮き輪をしたままというのが、なんとなくカッコ悪い気がしたけど、氷室は「こちらこそ、よろしく」と笑ってくれた。

だから朔耶も嬉しくなる。氷室はときどき意地悪だけど、たいていはとても優しい。

しばし根性入れて、氷室先生に習い、顔を水につけては上げてと繰り返していた朔耶だったが、十五分もしないうちに休憩しようとねだってしまった。

なかなかに、スパルタ教育はつらいものだ。

浮き輪をしたまま、バスタブに腰かけて、バシャバシャとぬるま湯を弾《はじ》きながら、窓の外に視線を向ける。そろそろ陽は西に傾きはじめている。オレンジと青のグラデーションを描いた空に、黒い影が群れをなして飛んでいく。

「ねえ、氷室、あれはなあに?」

指さして問えば、必ず返ってくる声。

「椋鳥《むくどり》だよ。ねぐらに戻るんだろう。みんなでいっしょに家に帰るんだよ」

「ムクドリ……たくさんいるね。みんな家族なのかな? お父さん、お母さん、兄弟……」

「ああ、たくさんいるね」

バスタブに腰かけ、窓の向こうに視線を飛ばして、氷室は呟く。

「本当に……たくさんいる」

ときどき氷室は、こうしてなにかを思い出すような顔をする。それはたいていい家族の話をしているときだ。氷室には、お父さんもお母さんもいない。帰る家もない。

自分だったら、寂しくて、悲しくて、泣いてしまうかもしれない。

けれど、氷室は泣かない。強い男だから泣かない。

強いのは寂しい。泣きたくても泣けないから、とっても寂しい。

だから、お祖父様にするように首に手を回して抱きついたら、氷室はちょっと驚いたような顔をして、でも、すぐに照れたように笑って、朔耶の髪をくしゃくしゃと撫《な》でてくれた。

夕暮れの陽が差しこむバスルームで、二人、裸ん坊ですごした時間。でも、すぐに佐代にバレて禁止になってしまった。

それは、もう遠い日の思い出。

まだ、祖父もいた。母もいた。心優しい人達が、一人も欠けずに朔耶を羽毛のようなぬくもりで取り巻いていたころのこと。


「おお！　これは、またたいそうな名品じゃないか、氷室くん」

リビングの中央、籐《とう》椅子に腰かけて目をつむり、ひたすら懐かしい思い出のなかへと逃避していた朔耶は、のんびりとした足音に続いて聞こえてきた嗄《しゃが》れ声に、意識を引き戻された。

ゆっくりと目を開けると、大きな窓から差しこむ夕暮れ色のなか、氷室に案内されてきた面々の姿があった。招待客は六名。大企業の会長、銀行の頭取、元国会議員。

門外不出の貴重なドールコレクションの鑑賞会——との名目ではあるが、その実、どんな趣向が用意されているかは、皆、承知で足を運んできたはず。

今宵《こよい》の主役とばかりに、緋色の着物に蝶結《ちょうむす》びの帯、白足袋《たび》という姿のお人形を、ある者は椅子に腰かけ、ある者は正面に立ち、また、ある者は杖を頼りにゆるりと周囲を巡りながら、それぞれ気ままに愛《め》ではじめる。

朔耶を取り囲み、透けた着物の下に隠された肌を探るように突き刺さってくる、好奇の視線。

だが、そのどれよりも、朔耶は氷室の視線が気にかかる。

「お手は触れないようにお願いします。世界でひとつの貴重品ですから」

謹厳《きんげん》な秘書の顔で注意をうながす男は、このとことんバカげたお遊びを、どこまでも大真面目に演じるつもりなのか。硬質なレンズの奥、さらに凝《こご》った瞳には、今日は形ばかりの愛想笑いさえもない。

「瞳の放射線状の線が、ジュモー初期のポートレートを彷彿《ほうふつ》とさせますな。愛らしい顔立ちのなかにも高貴な香りが滲み出る。まさにジュモー・トリステの名を思わせる表情ですな」

「希少性という意味なら、幻の人形と呼ばれるマルクの作だろう。でなければA・T《アーテー》か」

「いや、A・Tは、私も持っているが、さほど良いできではないよ。このどこか寂しげな表情は、ジュモーよりブリュの特徴ではないかな。私は、泣きと笑いのふたつの顔のダブルフェイスを持っているが、この子にもなにか驚くような仕掛けがありそうだね、氷室くん」

お気に入りのドール工房の話など交えつつ、朔耶を人形あつかいした会話が続く。

(氷室が六人いるようなものだ)

人間を使って人形遊びに興じる男など、この世に一人でじゅうぶんと思っていたが、まだまだ考えが浅かった。いや、それほどに世間は広いということか。

ほとんどが七十代。いい大人どころか、後進のために手本となるべき長老達が、こんな破廉恥《はれんち》な趣味を持っていると思えば、気持ちが塞《ふさ》ぐ。

唯一心のよりどころになってくれる佐代も、今日は歌舞伎《かぶき》見物に出かけていて、深夜までは帰らない。密談場所としてこの屋敷を夜半まで人に貸すからとの、まんざらうそでもない口実でもって、氷室がチケットと小遣いを渡して、追い出してしまったのだ。

(確かに、密事だよな、これは)

このそうそうたる顔ぶれが、一堂に会してのお人形さん遊びなのだ、どれほど口の堅い使用人にも知られるわけにはいかないだろう。

「クローズドマウスか。私はオープンマウスのほうが好みなのだが」

そう言ったのは、大臣まで務めた元国会議員で、若手議員達から先生と奉られている男だ。

「口は開けられますよ。さあ、朔耶さん、皆様にご挨拶を」

氷室が慇懃《いんぎん》に命じてくる。そんなに声を聞きたいのならいっそ怒鳴ってやろうかとも思うけど、それができるくらいならこの場にいるはずもなく、あきらめの境地で朔耶は口を開ける。

「いらっしゃいませ」

それこそ人形のように抑揚のない声で挨拶する。おおーっ、とその場に歓声があがった。

「すばらしい！　しゃべれるのだな、この子は」

本気で感激している老爺《ろうや》達から、さらにリクエストがかかる。

「最初は目をつむっていたようだが。もしかしてスリーピング・アイかね？　瞼《まぶた》を閉じてみてくれんかな？」

言われるままに、瞼をゆっくりと開閉させると、歓声は感嘆のため息へと変わっていく。

「驚くにはあたりません。関節部分がすべて動かせる、フルジョイントのコンポジションボディですから、挨拶だけでなく、どんなポーズも思いのままです」

などと氷室が言うから。立ち上がれ、その場で回れ、手を挙げろ、笑え、怒れ――と、くだらない要求ばかり突きつけられる羽目になり、いちいち応えるのさえも苦痛になってくる。

（これが、一時代を作った人間の末路なのか？）

生き馬の目を抜く政財界で、他人を蹴落とし、踏みつけて、なりふりかまわず上りつめ、欲しいものはすべて奪い、やりたいこともやりつくし。会長職という名ばかりの冠をかぶせられたいま、せめて趣味人を気取ってみても、味わった栄光の分だけ人の心の醜さを見続けてきた身では、生きた人間にかかわるのもわずらわしく。楽隠居を気取った仙人暮らしのさきに見つけたのが、人の姿を模した人形だったと、そういうことなのだろう。

決して逆らわず、愛らしい姿でそばにいてくれる人形――そんなものにしか愛着を持てなくなってしまった、哀れな老人達。

とはいえ、現役を退いてもなお、それぞれの一族に厳然たる影響力を持っている長老を怒らせることなどできるはずもなく。ひたすら頭を空っぽにして、自分は人形だと言い聞かせる。

心までは失いたくないから、心のない人形のふりをする――矛盾していているようでいながら、それこそが朔耶の矜持を保つ唯一の方法なのだ。

やがて晩餐《ばんさん》の時間となり、氷室を手伝って配膳をする姿を見ては、これは日本のからくり人形の技術かと驚嘆し。器用にナイフとフォークを使って食事をするさまを見れば、ミルク飲み人形ならぬお食事人形かと手を叩く。笑うに笑えぬ戯れ言を聞き流す術《すべ》を覚えたころに、ほどよく酒の回ってきた男が、とんでもないリクエストをしてきた。

「よければボディを見せてくれまいか。ジョイントはどうなってる？」

氷室も以前、ジョイントにこだわったが、手、足、首、などの関節が自在に動くか、衣装を脱がせてボディを検分するのは、アンティークドールとしての価値を知るためには欠かせないことなのだ。でも、朔耶は人間だ。ボディを見せるのは、裸になるのと同じことだ。

「お見せしなさい」

なのに氷室は、ナプキンで口元を拭《ぬぐ》いながら、隣の席から冷ややかに命じてくる。

（ここで着物を脱げって……!?）

さすがにこれには承伏しかねて、横目で睨めば、そこにビジネスライクにしても愛想のなさすぎる――それこそ人形のガラス玉よりまだ無感情な瞳があった。

意図して鹿爪《しかつめ》らしく作っているのかと思っていたが、もしかしたら、無理やりなにかを抑えこんだあげくの強張りなのかもしれないと、そんな気がした。

「さあ、着物の裾をまくって。足のジョイント部分をお見せするんだ」

「……氷室っ！」

あまりといえばあまりの命令に、思わず素の声を発してしまった。

「ほう、この人形は恥じらうらしい」

ほっほっ、と愉快そうに笑ったのは、日本でも五指に入る巨大デベロッパーを支配下におさめる、支倉翁だ。

祖父が健在だったころ、よくチェスの相手をしにきていた。大先輩相手にむろんわざと負けていたのだろう、頭を掻きながら、勝てませんな、と苦笑いしていた姿を覚えている。

朔耶が生まれる以前からこの屋敷に出入りしている、齢《よわい》七十八になんなんとする好好爺《こうこうや》だと思っていたのに。こんな低俗なゲームに参加した上に、自ら率先して周囲を煽《あお》っている。

「着物の下にはなにが隠されているのか、いや、楽しみなことだ」

薄い布地から透けて見えるラインのどこにも、下着の線がないことをちゃんとわかっていて、あえてボディを検分したいと言っているのだ。

(誰も彼も、どうかしてる……！)

逃げたいと——さっさとこの場を辞したいと思った。羞恥からだけではなく、以前は尊敬の対象であった人々の、下劣な品性をこれ以上見たくなくて。

だが、それはかなわない。どれほど口惜しくても、命令には従うしかない。

朔耶は椅子から立つと、全員に見えるようにと、二、三歩テーブルから離れる。震える手で着物の裾を持ち、そろりとまくり上げ、恥辱の炎に灼かれながら自ら恥ずかしい場所をさらす。

「これは。女の子かと思ったら、男の子だったか」

ほうー、とその場に、なんとも言えぬ楽しそうなため息が満ちる。

「おお、可愛い性器までついている。キューピッドでもないのに、ここまで精巧に作られているとは。職人芸というか、匠《たくみ》の技というか、いや、見事なものだ」

「まったく。隠れた部分をいかに精巧に作るか。それこそ職人の心意気というものですな」

「おお、下生えがまたなんとも。ベベタイプには見られない楽しさですな。手彩色でも嬉しいのに、睫毛《まつげ》と同じように植えこまれている」

「やはり男の子は、これでなければいけませんな。なにより、ビスクの肌の美しさはもうたとえようもない」

欧州の名だたる職人達が腕を競って再現しようとしたのは、濃厚な香りを放って咲き誇る直前の乙女の、まだ頑《かたく》なさを残したもっとも美しい瞬間。それに比肩し得る美があるとしたら、やはり東洋の男子のそれだと、好事家《こうずか》達は口々に語りあう。

その究極の肌を朔耶が持っているのだとしても、見せ物にされる慰めになるわけではない。

(このくそジジイどもがっ……！)

せめて心で唾棄《だき》して、朔耶は、この場にとどまる力にする。

寄る年波《としなみ》も手伝って、色事にも飽いたのか、朔耶の局部に注がれる視線にも、情欲の色はなく、美を愛でる純粋な好奇心があるだけだ。

とはいえ、それで羞恥が薄れるわけではない。

こんな惨めな姿を人前にさらしている事実は、変わらないのだ。

そしてまた、人の世の欲望のなんたるかを知りつくした老爺達は、朔耶の肌がすでに男の味を知っていることも、また、その相手が誰かさえも見抜いているのだろう。

そこまでわかっても逃げることはできず、長い、長い、屈辱の時間を、朔耶はただ耐え続けるしかなかった。


玄関ホールの大時計が、夜十時のチャイムを鳴らすころ。ようやく鑑賞会はお開きとなり、密事を楽しんだ老爺達は、それぞれに迎えの車に乗りこんで、闇のなかへと消えていく。

それを氷室の背後にひかえて見送っていた朔耶の隣に、最後に残った支倉翁が近づいてくる。

「覚えてはおらんだろうが、おまえは一歳半かそこらのとき、まだおしめがとれたばかりのころ、わしの腕のなかでしょんべんを垂れたことがあった」

あまりに唐突な昔話に、朔耶は「え…？」と、小さく声をあげた。

「他人様の孫の尻を拭《ふ》いてやったのは、あとにも先にもあのときだけだ。ようやく毛も生えて、それなりに一人前になったようだな。が、肝心の一物があれではの。さあご覧あれ、と勃《た》たせるぐらいの気概をみせんか」

「……面目次第もございません」

羞恥に染まった朔耶の耳朶《じだ》に、かっかっと心地よさげな高笑いが響いてくる。

どうやら支倉翁は、いまさら朔耶の恥部を目にしようが驚くにあたらない――むろん、情欲の対象になるものではないと、そう言っているのだ。

他の者はどうあれ、この御仁にとって、今日の鑑賞会は孫の発表会程度のたわいもない座興にすぎなかったのだとわかり、朔耶はささくれていた心を撫でられたように、安堵《あんど》の息をついた。

「何事も経験と知れ。おまえはまだ飢えを知らん。地面に投げ捨てられた饅頭《まんじゅう》を拾うて、貪《むさぼ》り食うたこともなかろう」

七十八年の歳月を深い皺《しわ》に刻み、セピア色と懐かしむにはつらい思い出を、支倉翁は語る。

「志堂家は、最悪の時代をいつも見事に切り抜けてきた。没落華族のなかには首をくくった者達もおる。いまある命を大切にせよ」

その言葉に、この人の父親もまた元子爵だったことを、朔耶は思い出した。

それも軍属だ。終戦後、家財の大半を没収されただけでなく、戦犯として服役もしたはず。

いまとなっては暗黙の了解で、誰もそのことには触れずにいるが。

「もう不要なもの。孫どもには聞かせてもおらん。支倉の家は最後の華族で、父は最後の軍人で、兄は最後の特攻兵だった。おめおめと生きのびたのは、わしだけだ」

人はそれぞれに、重荷を背負って生きている。

今夜の招待客は皆、いまは楽隠居を決めこんで悠々自適に暮らしているように見えるが、戦後のもっとも悲惨で過酷な時代を、泥水をすすって生き抜いてきた者達なのだ。

（なにを恥じていたんだ、俺は……）

誰の責任でもない。父の無軌道な経営のあげくの負債なのだ。そして、祖先が築き、母が愛したものを守ろうと決めたのは、誰でもない朔耶自身で。望みどおり、こうして屋敷とビスクドール達がいまも変わらぬ姿であることに、感謝しなければいけない立場だったのだ。

「おまえの祖父《じい》様は、実に確かな先見の明の持ち主だった。決して軍事産業にかかわらなかった。あの時代をひたすらまっすぐに生きた人だった――それは、ほれ、ここに生きていよう」

とん、と皺立つ手で朔耶の左の胸を突く。そこに祖父の教えがあると示し、朔耶が礼をとって身をかがめた隙に、ひそりと耳元で囁《ささや》いた。

「そうそう、絵葉書の主は、大過なくすごしておるぞ」

絵葉書とは、あの差出人不明のポストカードのことか。では、たぶん父のことだ。

（そうか……親父は、支倉翁のところに身を寄せていたのか）

忙しい御仁が、わざわざこの場に足を運んだ理由は、そのことを伝えるためだったのだろう。

無事との報に、朔耶の顔に、ほっと安堵の笑みが浮かぶ。

気安い二人の雰囲気に、玄関先に立つ氷室が、なにとは言えぬ険しい表情を向けてくる。

それに気づいた支倉翁が、ゆるりと氷室の前へと進み出る。

「のう氷室。この屋敷、手放す気はないか？　志堂コレクションごと、そっちの言い値で買い取ってやるぞ」

「ありがたいお申し出ですが、所有者は私ではなく『ＩＮＡＭＩ』ですから」

「ほう？　ハッカー崩れの井波に志堂の価値がわかるか？　ま、飽きたときには声をかけてくれと、あの小倅《こせがれ》に言うておけ」

老熟の境に入り人生を達観したものから見れば、ネット業界の寵児の井波も、鑑賞会という餌《えさ》で古狸《ふるだぬき》を手懐けたつもりでいる氷室もまた、まだまだ尻の青い小僧でしかない。

「なかなか愉快な余興だった。が、何事にも限度はあろう。おいたもすぎれば叱《しか》らねばなるまい。覚えておけよ、氷室」

曲げた腰をようやく杖で支えた一六〇センチにも満たない小柄な老人の、皺面のなか、ギラリと一瞬の閃きを放った双眸に、大の男の氷室が気圧《けお》される。

「は……。ご忠告ありがたく」

手玉に取ったつもりが、実は手のひらの上で遊ばれていた。ほうれほうれ踊れやと。深々と頭を下げる氷室の顔に、再会して初めて見る、憤怒《ふんぬ》の表情があった。

闊達《かったつ》な老人達を見送ったあと、朔耶は無言のままの氷室に、罪人のように荒っぽく引っ立てられて、もとは父のであった部屋へと連れこまれた。佐代には、舞台がはねたあと、ゆっくり食事でもしてくるように言ってあるから、広い屋敷には本当に二人だけしかいないのに、わざわざ氷室は内鍵までかけたあげく、荷物のように朔耶の身体をベッドへ放り投げる。

「なんだよ、乱暴なっ……！」

驚いているあいだに、伸しかかってくる体重で押さえこまれていた。

氷室自身がお膳立てした鑑賞会で、屈辱的な命令にさえも従って、人前であんな恥ずかしい姿をさらしたというのに。支倉翁にしてやられて少々でなく憤《いきどお》っている氷室の、白手袋をはめた手には、いつの間にか五、六メートルほどもある麻縄が握られていた。

朔耶は、まさか？　と目を瞠る。

「支倉翁とはお話が弾んでいたようですが、少々媚《こ》びすぎですよ。主人の命もなく勝手に行動する人形は、もう縛っておくしかないようですね」

言いつのる氷室の表情にも声音にも、いつにない激情が揺らめいている。

その怒りをぶつけるように、帯を解きながら朔耶の身体をうつぶせにすると、二つ折りにした縄で左右の手を後ろ手に縛る。驚くいとまも与えず、ベッドの上を転がしながら二の腕から胸に通した縄尻を再び背後へと回し、手首の縛《いまし》めに引っかけて、ぎっちりと朔耶の上半身を押さえこんでしまう。

さらに、一本だけでは見場がよくない、とか呟きながら、乳首を挟んで上下に十五センチほどの間隔で平行に線を描くように、縛りあげる。

(こんなものを……どこから……？)

肌を傷《いた》めないようにきれいに毛羽を取って、油を塗られた緊縛用の麻縄。

周到に準備されていたそれは、最初からこの状況を想定してのものでしかありえず。

つまりは、今日の本当の目的は鑑賞会などではなく、そうやって人の目に肌をさらしたことを理由に、朔耶にさらに過酷なお仕置きを施すことだったのだ。

そうして、上半身の抵抗をすっかり奪った氷室は、サイドテーブルに置かれていた縄を、もう一本手にすると、同じく二つ折りにしながら、今度は朔耶の下半身へと視線を向ける。

「や、やめろっ……！」

散々羞恥プレイを受けてきた朔耶だが、さすがにこれはいやだと訴える。が、氷室は憤激を露《あら》わにしながらも、手作業だけはどこまでも淡々と続けていく。

「これは股縄というんです。女と違って男は妙な出っ張りがあるんで、そのあたりがちょっと結びづらいんですが」

いちいち解説しながら、ウエストを縛った縄をそのまま下ろし、性器を挟んでから股下をくぐらせて、双丘のあいだに通したのち、背後で本結びで留める。

尻にかかるあたりには、意図してコブのような結び目が作られて——八の字結びというらしいそれが、奥の秘孔《ひこう》までも刺激する仕組みになっている。

「ちょうど穴のところに結び目を持ってくるのは、なかなか技術がいるんですよ」

そんな技術を覚える暇がどこにあったのかなどという疑問が浮かんだのも、一瞬のこと。

身動きできぬ状態でベッドの上に座らされ、ついでに両足までM字に広げられて、あまりの痴態に頭がまっ白になる。

肩まで剝《む》き出しになるほど開いてしまった着物の襟元からは、両方の乳首が覗いている。

帯を解かれてしまった分、前もだらしなく乱れ、大きくめくれた裾からは、縄目を食いこませた肌があられもない姿を見せている。

「くっ……！」

肌を締めつける麻縄のきつさもさることながら、氷室自慢の技巧で秘孔にぴったりはまるようにあてがわれた縄目が生み出す、痛みだけではすまない感覚が、緊縛された朔耶の身体と心を羞恥の炎で嘗《な》めあげていく。

「股縄は見た目にも楽しいんですが、犯せないという不便さがありますね。といって、挿入できるほどに緩めれば、尻に食いこむ痛みを感じられない」

できあがった作品を検分するように、どこまでも冷酷に観察しながら、氷室はさらにもう一本、縄を手に取る。

「ちょっと物足りないですね。胸元が寂しいような」

Vネックの襟のような形にして首に回したそれを、胸元を縛める二重の縄の中央を寄せるようにして留めれば、そこにブラジャーのラインのような形ができあがる。

上下左右から圧された胸の薄い肉が、まるで女のようなわずかな膨らみをつけているのを見てしまって、痛みより屈辱に朔耶は歯がみする。

「貴様っ……！」

散々、弄《もてあそ》ばれてきたが、本気で氷室をぶちのめしてやりたくなったのは、これが初めてだ。

「ああ……いいですね、その目。着物の緋色を映して紅蓮《ぐれん》に燃えているようだ。でも『貴様』は似つかわしくない。まだ躾《しつけ》が足りないとは、困ったお人形さんだ」

ベッドから下りると、氷室はサイドテーブルに立てかけてあった、ステッキを手に取る。

祖父が愛用していたものだ。老いた身体を支えるために、深い皺を刻んだ右手で持っていた。

T字型のハンドル部分は純銀で、精緻《せいち》な彫刻が施されている。シャフトはステッキ材として最高級のスネークウッド——その名のとおり木肌に浮かぶ蛇紋の美しさは格別で、他のものと見間違えることはない。懐かしいそのステッキの先からストッパーを外し、なんと氷室は、性器を挟んだ縄のわずかな隙間に、ぐいと差しこんできたのだ。

「ヒッ……！」

ただでさえきつい麻縄が、ぎりぎりと肌に、そして秘孔に食いこんでくる。

それ以上に、祖父の形見のステッキが穢《けが》されていることが、胸に痛い。

「や、やめろ…っ……！」

「どうして？　いいんでしょう。性器の根本を締められて、後ろの穴にも食いこませて、たまらなく感じてるくせに」

「誰がっ……！」

「だったら、これはなんです？」

氷室は乱暴にステッキを引き抜くと、逆さに持ち直し、ハンドル部分の彫刻を朔耶の性器に添わせて、ゆるゆると刺激する。根本の縛めで苦痛を強《し》いられていたそれは、微妙な凹凸《おうとつ》が与える愉悦を鋭敏に感じとって、じわりと頭をもたげていく。

「見なさい。先っぽから、露《つゆ》まで滲ませて」

「あ……？」

朔耶は自らの身体の、あさましい変化に、戦慄《せんりつ》さえ覚えながら目を瞠る。

緊縛には他では得られぬ快感があるのだと、それを好む人間が言う理由がなんとなくわかってしまって。できればそんなことは知らずに一生を送りたかったと、唇を噛み、恥辱に悶《もだ》える身体に引きずられ、いまにも壊れてしまいそうな意識を必死に掻き集める。

「あなたはよほど辱められるのが好きとみえる。あんな爺《じい》様達の視線にさらされたことすら快感だったんでしょう。ちょうどいい前戯になったようだ。縛っている途中から勃ちはじめたのには驚きましたよ」

なのに、氷室の言葉は、どこまでも残酷に朔耶の心を打ち砕きにかかる。

「う、うそだっ……！」

「どこがうそです。これがなによりの証拠でしょう」

ステッキの柄でぐりぐりと屹立《きつりつ》の先端をなぶられて、尖った叫びをあげながら朔耶は激しく身を捩《よじ》る。だが、動けば動くほど、麻縄はきつく締まってくる。痛みを凌駕《りょうが》する官能を連れて。

「……ッ……ああっ……！　やめ、ろ……」

「いいんですね？　こうされるのが好きなんですね。驚きましたよ。どうやらあなたには、本当に被虐《ひぎゃく》趣味があるらしい」

さらに緩やかなT字の尖りの部分を敏感な孔《あな》に押しつけられれば、かけらほどは残っていた理性も、痺《しび》れるような快感のなかに霧散していく。

声にならない悲鳴とともに、唯一動かすことのできるかぶりを振れば、ふわりと舞った毛先から、小さな雫《しずく》が飛び散っていく。汗だろうか、悔し涙だろうか。

きっと、そう、それは汗だけではない。

決して無様に泣くようなまねはすまいと、必死に気持ちを奮いたたせていたのに、いま緊縛のなかでじわりと潤む眦《まなじり》に溜まった涙は、愉悦の証だ。

「本当に、なんて美しくて淫らなお人形さんだ」

うっとりと見入る男の声さえ、朦朧《もうろう》としていく意識のなかで、奇妙に間延びして聞こえる。

（だめだ……！　イク……）

ビスクの肌を麻縄に縛められた淫靡《いんび》な姿で、祖父の形見のステッキで性器を弄《いじ》られ、達しようとしている。最悪の事態に、考えることを放棄した身体が、与えられる官能に飛びついていこうとする。もういい……もうじゅうぶんがんばった。これ以上は無理だ。

「次の鑑賞会はこの姿でいきましょうか？　ああ、それとも、一般公開の日という手もありますね。『元華族の退廃的遊び』とでも題して、籐椅子にでも座らせて、肘《ひじ》掛けに両足を縛りつけて、恥ずかしい場所まで全部見えるようにして」

だが、とんでもない提案を耳にしたとたん、一気に頭が冷えて、朔耶は我に返った。

「そんなこと、できるわけがないっ……！」

「できないと思いますか？　でも、私は頭のなかで、もう何度もあなたの恥ずかしい姿を人前に

さらしている」

「なに……？」

「この淫らで美しいお人形さんが私の所有物なのだと、みんなに見せびらかしたくてしょうがないんですよ。あなたのそばにいたころから、私の頭の中はそんな妄想でいっぱいだった」

そうやって老爺達に見せびらかしたあげく、これほどまでに氷室は憤っているのだ。

自慢したい、辱めたい――破廉恥なばかりの願望をいざ実行してみれば、嫉妬に身を灼く姿をあからさまにさらす。

あまりに不安定な氷室のバランスが、朔耶の心に不安を投げかける。

いったいいつから氷室は、こんな妄想に取り憑《つ》かれていたのかと。

「いっしょに風呂に入ったことを覚えてますか？　あなたは、水の中で目が開けられないと言って……」

むろん覚えている。大きなバスタブに浮き輪まで持ちこんで。でも、海水パンツを穿《は》いて風呂に入るのも変だからと、裸で入ったのだ。

「私は、そのときあなたの裸を見て、欲情したんです」

ぽつん、と小さくこぼれた告白に、朔耶は心底戸惑った。

あれは小学校二年の夏のことだった。

（だって、俺は七歳かそこらだぞ……？）

問いかけは声にはならず、口ごもった朔耶の代わりに、独り言のような低い声が響いてきた。

「柔らかい肌の感触が、手に心地よくて。その夜から私はおかしくなってしまった。何度も妄想のなかであなたに悪戯《いたずら》した。さすがにどうかしてると思いました。こんな子供相手にと」

でも、結局それはエスカレートする一方だったと、氷室はどこか生気のない顔で笑う。

「初めて、想像のなかであなたを犯しながら自慰をしたとき、あまりに気持ちよくて震えました。こんなにもすばらしいものがあるのかと。一応、もう女を知ってましたが、そんなものは比べものにならなかった」

興奮を表しながら、でも、懺悔《ざんげ》のようにも聞こえる、その口調。

「そうなるともう止まらない。縛って、犯して、口淫させて、精液を顔にかけて、恥ずかしい姿を人前にさらして――そんな妄想が止まらなくて、自分でもおかしくなったのかと思いました。きっとあなたは淫魔なのだと、そんなことまで考えて。淫魔の本性を現したあなたに食らいつくされる夢すら見た……！」

眉根をきつく寄せ、双眸を眇め、荒ぐ息のなかから吐露される、懊悩《おうのう》。

「わかりますか？　それが私の望みだった。ずっとそれを押し隠しながら、あなたのそばにいなければならなかった私の苦しみが、わかりますか？」

いったい誰なのだろう、これは？

ずっとそばにいた男は、誰だったのだろう？

これほどの秘密を抱えていながら、その片鱗《へんりん》すら見せず、どんな思いでそばにいたのだろう、この男は。そして、どうして自分はそのことに気づかなかったのかと、朔耶は、乱れるばかりの心のうちで思う。

「けど……妄想のひとつやふたつ、誰だって持つだろう」

そんな慰めは無意味とわかっていても、言わずにいられない。

「考えるだけなら誰だってしてします。でも、実行はできないものです。人には理性がある。私の頭のなかにあるだけなら、どんな願望も罪ではなかった」

氷室は白手袋に覆われた両手に後悔を滲ませて、ぎゅっと握り締める。

綿の白い手袋。それは人形遊びのアイテムだと思っていた。ドールコレクターを気取ってはめているのだと。だからこそ朔耶は、氷室にとっての自分は本当に人形にすぎないのかと、失意にくれていたのだ。

でも、違った。

その手にはめられた手袋は自戒だったのだと、いまわかった。

触れてはいけないと——それは罪だと知っていた男が、最後の砦《とりで》にしていたもの。

「せめて、このあさましい欲望が情ならばよかった。それならば、まだ自分を抑えられたはずだ。まだ自分を許せたはずだ」

「氷室……?」

なにを言おうとしているのか。なにをしようとしているのか。訝《いぶか》る朔耶の前で、氷室は右手でゆるりと左の手袋を外した。それをもう不要なものとして放り出し。さらにもう一方も外して、同じように無造作に投げ捨てる。

節の太い、大きな手が、目の前に現れる。

以前のそれは、朔耶を守ってくれるものだった。優しく髪を撫でてくれるものだった。

触れる指先のどこにも淫靡な色合いなど、ありはしなかったのに。

でも、いま覆い隠すものを取りさった両手は、その身のうちの興奮を表すようにかすかに震えている。いや、身悶《みもだ》えているのか。

「でも、私のうちにあるのはそんな優しいものじゃない。私があなたに恋情を抱くことはない。決してないと、私自身が知っている……！」

否定の言葉を、氷室はまるで自分に言い聞かせるように吐き散らしながら、襟元を整えているネクタイのノットにぐいと指をかける。それを一気に緩めたあげく、シャツのボタンを外すのももどかしげに、両手で前を引き裂いた。

弾け飛んだボタンが、ことんことんと床に落ちて転がっていく。

「ならばこれは？　あなたを貶めることに快感を覚える、この欲望は？」

だらりと垂れたネクタイと、上からみっつのボタンを飛ばして開いたシャツのあいだに、ほどよく日に焼けた肌がある。

雄の匂いを撒《ま》き散らしたようなそれを目にしたとたん、どくん、と大きく鼓動が跳ねた。

きつく寄せた眉の下の半眼は、鋭い刃先のような光とともに、なにとはわからぬ激しい感情を放っている。

「これは妄執でしかない。憎しみと恨みを苗床にして生まれたケダモノでしかない！」

遠く、原始の森のなかに住む、孤独な獣の咆吼《ほうこう》のように、悲哀を含んだ叫びが響く。

唐突に、朔耶は出会いのときを思い出す。

一匹の野良猫だった、十五歳の氷室。その目に宿った射るような光を。

(同じだ……、あのときと同じ目だ……！)

なにも変わってなんかいない。朔耶が忘れていただけで、氷室は最初からこうだった。

独りだから、寂しいから、熱をわけあう仲間もいないから、この寒さを忘れるためにせめて温かな血潮の肉を食らって、冷たい雨の夜を耐える。

そんな目をしながら、いつも生きていた。生き長らえてきたのだ、この男は。

「だから、もういい。欲しいだけ奪う。しょせんこの程度の生きものでしかないなら……！」

すべてを奪うとの決意に燃えた手が、朔耶の頬に添えられる。

直に触れたそれは、どっどっと脈動を刻んだ、生きている手だ。凶器にもなりうる手だ。

逃げ場はない。逃げることもできない。そして、たぶん逃げてはいけない。

人としての本能ではなく、主人としての直感で、氷室を拾った自分がすべきことをとっさに理解して、朔耶は腹をくくり、氷室の双眸をまっすぐに見つめ返す。

(食らうなら、食らえ！　その牙で、その舌で……！)

そして、ついに本当の意味で朔耶を味わうために飛びかかってきた男が、朔耶の唇が放とうとした言葉ごと口づけで塞いだ。

「……んっ……」

緊縛の縄よりもさらにきつく抱きこまれた腕のなか、初めて直に触れあった肌は冷たいどころか、火傷《やけど》しそうなほどに熱く、どくどくと力強い鼓動を刻んでいる。

一気に深く絡みあった唇のあいだ、押し入ってきた凶暴な舌が粘膜をこそぎとるほどの勢いで蠢《うごめ》き回り、あっという間に朔耶の息を乱していく。まさに貪り食らうような口づけに、早鐘を打ち鳴らし続ける胸に、泣きたくなるような切なさが満ちていく。

どうして気づかなかったのか。あんなにそばにいながら。こんなに何度も身体を繋ぎながら。この男の孤独をひとつもわかろうとしなかった自分が、いっそ憎らしく思えて、朔耶はだくだくと注ぎこまれる蜜を一滴たりとも逃すまいと喉を鳴らす。

全身に男の体重を感じながらシーツに倒れこめば、背中で縛られた腕がぎしりと軋《きし》む。股間に食いこむ縄目のせいでうまく動かせない両足を、伸しかかってくる男のために必死に割り開く。

逃げろと言ったのは、氷室だった。

逃げないと答えたのは、朔耶だった。

だから、なにがあっても決して逃げはしない。

心に決めて、朔耶は解き放たれたものを受け止める。

氷室自らが妄執と呼び捨てた、哀しい哀しい生きものを。

6

夜を徹しての饗宴《きょうえん》がうそのような、柔らかな朝陽に誘われて、朔耶は目を覚ました。

「……あれ……?」

そばにあるはずのぬくもりがないことに気づいて、寝ぼけ眼《まなこ》を擦《こす》り。

次にそこが、自分のベッドのなかだとわかり、ぐるりと周囲に視線を巡らせた。

昨夜の記憶はひどく曖昧だ。

激しい情念をこめた氷室の欲望を全身に受けて、溢れるほどの快感と気怠さのなかで、最後は意識を放り出すように気を失ってしまったはずなのに。二人分の精でぐっしょりと濡《ぬ》れていたはずの身体は、きれいに拭われ、清潔なパジャマが着せられている。

「……夢遊病、のわけないか」

氷室が運んできてくれたのかな?　と独りごちながら、ベッドを下りようとしたとたん、無茶をした身体のあちこちに鈍痛が走る。なかでも、氷室の常にないほど質量を増した猛《たけ》りを埋めこまれていた場所は、まだじんじんと痺れている。

「あれって……あんなにおっきくなるんだ」

ぽっと頬を染めながら呟いて、自分のものを確かめたくなったが、それはやめた。あれと比べるのはあまりに虚しすぎる。

怠い腰をさすりつつ、いつまでも寝ていては佐代に心配をかけると、のろのろとバスルームに向かう。肌に残った生々しい緊縛の痕と、全身に散ったキスマークは見ないようにして、シャワーを浴び、白のボタンダウンシャツとデニムのポケットパンツに着替えて、家族用ダイニングに向かう。厨房《ちゅうぼう》から、とんとんとまな板を使う心地いい音が響いてくる。

割烹着《かっぽうぎ》姿で朝食の支度をしていた佐代を見つけ、さっそくとばかりに支倉翁から聞かされた朗報を伝えると、一人でこの屋敷を支えてきてくれた家政婦は、目尻の皺を深めて笑い泣きした。

「まあ、旦那様が！　それは……それは、ようございました」

主人の無事を確認できた喜びもあるのだろうが、自分がいないあいだに朔耶になにかあってはと心配しきりだったらしい佐代は、密談の名目で屋敷を借りた相手が支倉翁と知って、そのことにもまた安堵し、「ようございました」と繰り返した。

こんな嬉しいことなら昨夜のうちに教えてくれればよかったものをと、氷室の部屋に囚《とら》われていた朔耶の身を案じていた分、ちょっとだけ恨みがましいこともつけ加えはしたが、それすら、なにもなかったと思ったからこそ、ぽろりと出た愚痴にすぎない。

だが、そのときまで朔耶は、佐代が夜には帰ってきていたことを失念していた。いつもは廊下から物音が聞こえるたびに、びくついていたというのに。

（いったいどれだけ夢中になってたんだ、俺は……！）

思い出せば、あれこれ本当に恥ずかしいことばかりで。こんな顔は、とてもじゃないが佐代には見せられないと、手伝いを言い訳に、支度されていた盆を持ってダイニングに逃れる。

盆をテーブルに置いて、ほっと一息つき。椅子に腰かければ、いきなりあらぬところから湧《わ》きあがってくる鈍痛に、再び頬を赤らめる。

(なんか、昨夜はすごかったなぁ……)

しみじみと思う。

かなり乱暴な行為を強いられた気はするが、それをいやだと感じていない自分がいる。もうずっと、自分は氷室にとって、人形でしかないのだと思っていた。抱かれていても、心が通いあうことはなく。やはり氷室が言うように、ただのセックスドールなのかと——弄ぶための玩具《おもちゃ》でしかないのかと、やるせなくて、つらかった。

白手袋をはめたまま、襟元ひとつ乱さずに、朔耶を貶めるばかりの氷室の行為からうかがい知ることができるのは、自分の主人であった者を組み敷くことへの優越感と所有欲ばかりで。たまに瞳に揺らぐ昏い焰の意味もわからず、ずっと心が重かった。

氷室の芝居臭さに満ちたお人形さん遊びは、どうにも朔耶には理解できるものではなく。夜ごとに深くなっていく交わりに、身体は馴染み、快感を覚え、やがてこれがなくては身も世もなくなる日がくるのではないかと、怯《おび》えすら覚えたが。

それでも、自ら請うるほどに溺れきることはあるまいと、心のどこかで思ってもいた。

同じ命を持った人間を、一個のものとしてあつかう。サディズムがひとつの美学であることも承知してはいるし、特殊な志向を持った人間には必要なものなのかもしれないけど、それを受容できるほどに、朔耶は非道にも破廉恥にも退廃的にもなれない。

たぶん本能的に、違うと感じているのだ。

やはりどこか、人として、欠落している行為だと。

だが、それを言うなら、幼い朔耶の身体に邪《よこしま》な思いを抱いていたという氷室の告白も、かなりの度合いで人としてヤバイのだが。けれど、氷室が求めたのが人肌であったなら、人形よりはずっとましだと、朔耶は安堵すら感じて、知らずに口の端に微笑《ほほえ》みを浮かべていた。

(氷室はどこだろう?)

周囲を見回しても、どこにも一八五センチの長身が見あたらない。

そうしているうちに、佐代が、熱々の汁椀《しるわん》を載せた盆を持って現れた。

「佐代さん、氷室は?」

すっかり整ったテーブルで、おひつの蓋《ふた》を開け、ご飯をよそいはじめた佐代に問いかける。

「あの男なら、もう出かけましたよ。勝手にお庭の肥後菊《ひごぎく》を切って。ああ——それと、今朝、奥様の部屋の窓を開けにいったとき、気がつきましたんですが、お人形がひとつないんでございますよ。奥様のお好きだったジュモー・トリステが。持ち出したのは氷室ですよ、きっと。なんでしょうね、泥棒猫のようにこっそりと、奥様が大事にしていた花やら人形やらを」

朝から不快な男の話などしたくないのか、佐代はつけつけと言いながら、ふうわりと湯気が立つご飯茶碗を、朔耶の前に差し出してくる。

志堂家の朝餉《あさげ》は、意外なほど慎ましい。

出汁《だし》巻き卵にはシラスおろしを添えて、味噌汁《みそしる》の具はシンプルに豆腐とワカメ、ほうれん草の胡麻《ごま》あえ、水茄子《みずなす》とカブの漬け物。禅寺の宿坊並みに質素だが、なにも家計が苦しいからそうしているわけではなく、華族時代からの伝統なのだ。

（ジュモー・トリステを？　いまさらなんでだろう？）

考えつつもほとんど習慣で、いただきますと手を合わせ、最初に味噌汁をすする。昨夜、声をあげすぎたせいで、少々でなく渇いていた喉にそれは心地よく染みこんでいく。

「ふう……美味しい」

思わず漏れた呟きに、佐代が再び目尻に皺をくしゃりと寄せて笑う。

「まあまあ、なんだか本当に久しぶりに坊ちゃまの笑顔を見た気がします」

割烹着の裾で眦を拭う仕草に、愛情とともに老いを感じる。

それほどに、『志堂コーポレーション』が乗っ取られてからの日々、朔耶は笑顔を忘れていたのだ。そしてまた、一人になってもなお、きりきりと労を惜しまず働いていた気丈な佐代も、朔耶のこととなるとやはり別のようだ。たぶん、氷室との関係も薄々気づいているはず。

いくら掃除洗濯を通いのハウスキーパーに任せるようになったとはいえ、五十年以上に渡ってこの屋敷を仕切ってきた佐代を誤魔化せるわけがない。

氷室の主人然とした尊大な振る舞いに不快感を覚える以上に、我が子同様に育てた朔耶の変化を目《ま》の当たりにして、ずっと心を痛めていたのだろう。

いらぬ心配をかけてしまったと心でわびながら、佐代特製の出汁巻き卵を口に運ぶ。ふんわりとした感触が唇にあたったとたん、昨夜の氷室の食らうような口づけを思い出してしまった。

このさき、なにかを食べるたびに思いおこしてしまうかもしれないと、朔耶は知らずに頬を染め、じわりと上気したその熱に気づいて、慌てて卵を口に押しこむ。

咀嚼《そしゃく》しているあいだにも、すさまじく人間的だった昨夜の氷室の言動のあれこれが、堰《せき》を切ったように脳裏に溢れ出てくる。

貪るような口づけは言うまでもないが、胸に秘めていた懊悩を赤裸々《せきらら》に朔耶にぶつけた氷室は、熱い血潮と、脈打つ鼓動と、吐息を持った、生身の男だった。

決して情からではないとも吐き捨てられたが、むしろそれがいちばん言い訳めいて聞こえた。

――私があなたに恋情を抱くことはない。決してないと、私自身が知っている！

まるで悲鳴のようだった。

思い出しただけで、胸が切なくなるような。

決して愛ではないと、欲望だけなのだと、声高に言い張らなければならないほど脆《もろ》いなにかが氷室のなかにあるのだと、そんな気がしたのは自分の思いあがりだろうか。

（や、べつに、恋だって言われたいわけじゃないけど……）

それはそれで色々と困るしと思いつつ、朔耶は茄子の漬け物に箸《はし》を伸ばし、でも、なにが困るのだろうか？　と自問する。

同性愛に偏見はないつもりだ。ただ、それでは子孫を残せないから志堂家が自分の代で終わってしまう――と、そこまで考えて、もう潰れたようなものだったと、小さく笑う。

シャクシャクとした歯ごたえとともに口内に広がる漬け物の味は、どこか懐かしく。いま、そばに氷室がいればいいのにと朔耶は、心から思う。

二人、ひとつのテーブルで、いっしょに朝食をとりたかった。

なんでもないことを話しながら、優しさに満ちた佐代の手料理を食べたかった。

あの男には、そんな何気ないものが必要なのではないかと――それも朔耶の一方的な考えかもしれないが、氷室には、足りないものがたくさんあるような気がする。

満たされていないから、あんなに飢えている。いまもって最初に出会ったときのまま、寂しくて、独りぼっちで、傷だらけで、痛みばかり背負っている。

（そういえば……あの傷、なんだったんだろう？）

再会して以来、初めて触れた氷室の肌には、記憶のままにいくつもの小さな傷痕があった。

昔、いっしょに風呂に入ったときから気づいてはいたが。母から、それは氷室にとってつらい過去なのだから、知らないふりをしてあげようと言われていた。

けれど、もしかして氷室のなかに育った獣性は、あの傷に起因するのではないかと、昨夜、直に傷痕に触れてみてようやく気がついた。

（俺も鈍い……）

氷室自身が、見せまいとしてか、常に肌を隠していたせいもあるのだが。

ある意味、朔耶はお育ちがよすぎるのだ。人を出自で判断したり、過去を詮索したり、ましてやそれを暴きたてるようなまねはするべきではないとの、いまは亡き人達の教えが自然と身に染みついていたから、知らずにいることに疑問すら持たなかった。

自らをケダモノと貶め、朔耶のビスクの肌に欲望を抱く——その原因は、もしかしたらあの傷痕ができた過去にあるかもしれないのに、探るのはいけないことだと決めつけていた。

「ねえ、佐代さん、氷室がこの家に来たころのこと、覚えているよね？」

「それは、覚えておりますが」

氷室を好かない佐代が、不承不承といったふうに返事をする。

「身体に小さな傷がたくさんあるよね。あれ、なんの傷か知ってる？」

「……はあ……？」

返事とも疑問ともわからぬ答えを返してきたあと、しばし黙した佐代は、唐突になにか閃いたかのように、うなずいた。

「はいはい、思い出しましたよ。奥様が坊ちゃまにはないしょにとおっしゃってたんでした。私もすっかり忘れてました。本当にもう歳ですね……物忘れがひどくなって。腰も痛いし、頭痛はするし。氷室もなんですよね、少しは家のことも手伝おうって気になりませんですかね」

どんどん脇道に逸《そ》れていく佐代の愚痴を聞きながら、朔耶は、できれば早く本題に入ってほしいと心で祈っていた。でないと、せっかく思い出したことまで、また忘れてしまいそうだから。

「あの、佐代さん、氷室の傷のことなんだけど」

「え？　ああ……そうそう、傷のことでしたっけ。あれはいやな事件でございましたよ」

「事件？」

事故ではなく事件という表現が引っかかって、うなじのあたりがざわりと粟立《あわだ》った。

「ええ。あれは、養護施設の職員の仕業だったんでございますよ」

そうして告げられた事実に、朔耶のただでさえ白い肌は、見る間に色をなくしていった。


十一月も半ば、穏やかな日差しのなかにもそろそろ冬の気配が潜んでいる。出がけに佐代がジャケットを羽織らせてくれたものの、怒りの燃えたつ朔耶は、寒いという意識すらない。

(バカだ、俺は……！　なんでいままでなにも知らずにきた！)

氷室が知られるのをいやがったなどというのは、言い訳にならない。

自分のまぬけさに。そして、人間という生きものの愚かさに、頭が怒りで煮えたぎる。その勢いのまま、朔耶は最寄《もよ》り駅までの道を足早に歩いていた。

親に捨てられた氷室は、七歳から十五歳までの八年間、民間の児童養護施設に入っていた。

そこでは、子供達に対して日常的に暴力が振るわれていたのだと、思い出しながらぽつぽつと語った佐代の顔にも、哀れみの色が滲んでいた。

躾という名の、虐待《ぎゃくたい》。

(なんてことだ。子供達を守るはずの大人が……！)

施設の所長自らが職員らを扇動し、些細《ささい》な苛立《いらだ》ちを力に転化させて子供達にぶつけた。

氷室の身体に残る傷痕も、そうしてつけられたものなのだ。

だが、氷室が義務教育を終えて独り立ちした直後、施設内での密事は万人が知るところとなり、所長以下、荷担した職員達は傷害罪に問われ、子供達もそれぞれに別の施設へと移されていったのだという。

——天罰ってのはあるもんなんですね。

佐代はそう言ったが、天は人を助けてはくれない。摘発は内部リークによるものだろう。事件に関する裁判のニュースは、テレビでもやったはず。が、哀しいことに、いまの時代はどれほど痛ましい事件でも、あっという間に過去のできごとにしてしまうほど凶悪な犯罪に満ちている。朔耶の耳に入ることなく、それは誰の記憶からも薄れていってしまったのだろう。

(でも、知らないですむことじゃない……)

祖父は躾に厳しい人だった。少々の悪戯はともかく、子供同士にとっては勢いでするような口喧嘩でさえ、相手を貶めるような言葉は許さなかった。

九十をすぎても闊達な口調は衰えもなく、ときには二時間も正座をさせられたまま懇々とお説教されたこともあったが。同時に、その頑固さでもって暴力を嫌った。

右手に握っていたステッキは、怒り任せに振るえば、老人の力だろうとじゅうぶんすぎるほど武器になるものだが、それはいつも穏やかに祖父の身体を支える使命だけを果たしていた。

厳しくても、優しさに満ちた愛情のなかで、朔耶は育った。育つことができた。

それは、実はとても幸運なことだったのに、なにも気づかず、当たり前のこととしてすごしてきたこの二十年をこそ、朔耶は恥じる。恥じ入るしかない。

氷室にとっては、ぶたれたり殴られたりが日常だった。最初に出会ったとき、傷ついた野良猫のようだと思った印象は、まさに氷室の生《お》い立ちそのものを表していたのだ。

人を恐れ、人を嫌い、人を恨み、そうして生きてきた少年。

傷ついた身体を人目から隠し、染みひとつもない美しい朔耶の肌に焦がれ、羨望し、欲して、それが歪んだ情念に変貌するほどに、心を傷つけられていた少年。

百年の時をへてもなお艶《つや》めきをとどめる人形に――そのビスクの肌にあれほど執着していた理由もまた、自らの身体に残る傷痕なのだろうとの想像も、いまならつく。

最初はただ純粋な憧れだったのだろう。自分は傷だらけだから、せめてきれいな人形を手に入れて、美しい肌を愛《め》でたいと、その程度の。

それが、いつのときからか少しずつ歪んで、本人にもどうしようもできないほどに異常な欲望に転化してしまったとしても、いったい誰が氷室を責められるだろう。

氷室はそれが禁忌だと知っていた。知っていたからこそ、朔耶に逃げろと言ったのに。

その言葉の裏にある氷室の心の慟哭《どうこく》も知らず、屋敷の存続にこだわったあげく、氷室の妄執を解放させてしまった。

氷室自身でさえも、できるならおのれのなかに閉じこめたままにしておきたかったものを。

――逃げたければ、お逃げなさい。

何度も氷室はそう言った。そうして、選択権を朔耶にゆだねた。

――この屋敷も志堂の名も、すべて捨てて逃げてくれれば、私も解放されたのに……。

苦く笑んで告げたのは、いつのことだったか。

それを聞かず、耳も貸さず、意地を張って、もう醜いままでいようと氷室に決めさせたのは、誰でもない朔耶なのだ。

もしも氷室の過去を知っていれば、答えは変わっていたかもしれない。もっといい未来を、もっと優しい関係を、築けたかもしれない唯一の機会を、朔耶は自らの無知ゆえに失ったのだ。

「くそっ……！」

憤りのまま、出勤や通学の人々が行き交う大通りに出たとき、すいっと寄ってきた車が、朔耶の行く手を塞いだ。

「なんだ、志堂家のお坊ちゃんが、徒歩で通学か？」

濃いスモークガラスのウインドウがするすると下りて、顔を出したのは井波だった。


「そうか、聞いたのか」

大学まで送ってやると言われて乗せられた車の後部座席、隣に座っている井波が、らしくもなく硬質な声で呟いた。

約束どおり、氷室の過去を調べた井波は、これは電話などではなく直接知らせるべきだと、わざわざ仕事先への道すがら、遠回りをして志堂の家に寄ってくれたのだ。

座り心地のいいシートにもたれかかっていると、つい一ヶ月前までは朔耶も車で送迎してもらうのが当たり前だと思っていたことに気づいて。そんな自分だったからこそ、氷室はなにひとつ過去を語れなかったのだろうと、やりきれなさに力ないため息が漏れる。

そんな朔耶の反応を横目で見ながらも、今日はまっとうなスリーピースにネクタイを締めた井波が、ショックを受けるのはあとにしろとばかりに、意外な話をはじめる。

「事件の発覚を恐れた職員達が、入所していた子供達の記録のほとんどを破棄してたんで、氷室についてもわからんことだらけなんだが——それより、もしかすると、例の株を買い占めた森村真希って男、養護施設でいっしょだったのかもしれない」

「え?」

「森村って男は棄児《きじ》だ」

棄児——言葉の意味がわかるまで、しばしの時間がかかった。

「捨て子……ってことですか?」

「ああ。戸籍をたどってわかった。赤ん坊のときに捨てられた子供には、母親の名前がないからな。氷室が養護施設にいたことを考えると、偶然にしてはできすぎてる。もしも二人が同じ施設にいたのなら、一蓮托生の連帯感があっても不思議じゃない」

だが、同じ施設にいたということは、森村真希もまた、虐待の犠牲《ぎせい》者ということになる。

それも、捨て子となれば、氷室よりさらに幼いころからだ。

「……じゃあ、森村真希って名前は?」

「森村というのは、養子にもらわれていった家の苗字だ。捨て子の名前は、法律上では市町村の長がつけることになってるが。真希って名前はどっからつけたのかな？　最初の苗字《みょうじ》は、いかにも拾われた場所からっていう感じだ……市ヶ谷というんだが」

井波としては、あまり意味がないと思ったのだろう、エンジン音に掻き消えそうになるほど何気なく放たれた名を耳に拾ったとたん、朔耶はぴくと反応した。

「市ヶ谷……ですか？」

「ん？　ああ、それがどうかしたか？」

「あ……いえ。ただ、知りあいに同じ苗字の人間がいるんで——話を続けてください」

井波にさきをうながしながら、市ヶ谷はいつから助手だっただろうと、朔耶は考える。

確か、前期にはいなかった。初めて顔を見かけたのは夏休み明けだ。

尊敬する内田《うちだ》教授の助手ということで、ずいぶん前から知っているつもりだったが、実は出会ってからほんの二ヶ月ほどにすぎなかったのだ。

「で、今度は氷室のことだが。あいつの両親のことは知らないんだったな」

「行方不明……じゃないんですか？」

氷室が施設に入ったのは、七歳。親の記憶がないはずはないのに、頑《かたく》なに口を閉ざしていたのは、それが決して楽しいことではないからなのだろう。

「前にも言ったが、やはり母親は、あいつが施設に入る前に亡くなってる。父親の消息はさっぱりだったんだが。意外なところから情報が入った。うちの人事担当が——ああ、そいつは氷室がうちに勤めるときに面接した男なんだが。氷室の生い立ちを詳しく聞いてたんだ。社長がアバウトな分、せめて人事がしっかりしなきゃいかんと思ってるらしい」

まったく社員の鑑《かがみ》だな、と井波は自慢げに言いつつ、ブリーフケースからクリップで留められた書類を取り出した。

「氷室の両親は、海外の日用雑貨や調度品をあつかう、小さな店をやってた。夫婦二人での自営業だが、世間はバブルに浮かれていたころだ。海外の品は高く売れたんだろう」

「海外の輸入品ですか…？」

「そう。規模は違えど、『志堂コーポレーション』と同じ業種ということになる。母親はアンティークに関してはかなりの目利きだったそうだ」

あえて淡々と、書類を読みあげているような井波の横顔を見るうちに、なにか予感めいたものが頭をよぎり、朔耶は知らずにごくりと息を呑んだ。

「事業は軌道に乗っていた。が、なにもかもうまくいっていた矢先に母親が倒れた。病名まではわからないが、氷室が六歳のときに亡くなってる。その後、事業はあっという間に傾いた。資金繰りに困って街金にまで手を出して、最後には、お定まりだが、店は乗っ取られ、家は借金の形に差し押さえられた。父親は七歳の息子を残して蒸発——と、そういう流れだな」

「えっ……？　ちょ、ちょっと、待ってください……」

たたみかけるように説明する井波に、慌てて朔耶はストップをかける。

「誰かさんの場合と似てるだろう」

「似てるっていうより……」

そんな偶然の一致があるのかと——作り話ではと疑いたくなるほどに、朔耶との共通点が多すぎる。それだけでも動揺を隠せないのに、井波はさらなる衝撃を突きつけてきた。

「で、決定打だ。驚くなよ」

覚悟しろと言わんばかりに、たっぷり前置きして。

「氷室の父親から店を買い取ったのは、『志堂コーポレーション』だ」

「————…なっ⁉」

ガツン、と頭のなかで、大鐘を打ち鳴らされたような気がした。

心臓がばくばくと疾走し、血流が身体を巡る音までが、うるさいほどに耳奥に響いてくる。

そうして動揺しながらも、朔耶は、当時の志堂がどういう状況だったか、家族から聞いた話を必死に思い出そうとしていた。

氷室が七歳なら、いまから二十二年前——それは、父が志堂に婿《むこ》養子に入ったあと、自ら興した会社を『志堂コーポレーション』と改め、情熱的に事業展開を進めていたころ。

志堂家にふさわしい婿だと認められたくて、必死だったのだろう。

少々強引だったかもしれないが、とのちのち朔耶に語ってくれたことがあった。

言葉は悪いが、合法的に同業他社を乗っ取って、さらなる規模の拡大を図ったのだ。

だからといって従業員を解雇することはしなかった。むしろ、能力のある人材を老若問わずに責任者に抜擢し、効率向上のためのモチベーションを高めて、積極的に立て直しを進めた。

そうして買収した会社は、十社を下らない。

決して非道なまねをしたわけではないと思いたい。思いたいが。

「かなり遣《や》り手だったらしいな、志堂宗介は。こっちの調べでは同業十二社を買収して、その取引先や輸入ルートを手に入れている。そのひとつが氷室の両親の店だったわけだ」

けれど、そうやって、情熱を武器に突き進んでいた父の陰で、店や会社を失った人がいた。家や親を失った子供がいた。そのことを考えもせず、累積赤字を積むだけの『志堂コーポレーション』の状況に嘆き、以前のような精力的な父に戻ってほしいと願っていた朔耶は、新たに不幸な家族を生み出すかもしれない可能性に、まったく気づいていなかった。

「恨みの理由としてはじゅうぶんだろう。父親の失踪で、氷室が養護施設でどんな目にあったかを考えあわせれば」

隣から、あえて感情を抑えた声が、客観的な意見だけを伝えてくる。

「実際、どこまで明確に復讐《ふくしゅう》なんてのを考えてたかはわからんが。少なくとも、氷室が志堂家の車に飛びこんだのは、偶然じゃない。狙ったんだ。両親の会社を乗っ取った男の車を」

「…………！」

たまらず朔耶は、井波から顔を逸らす。

車窓に見えるのは、バブル崩壊の衝撃などとっくに喉元を過ぎたとばかりに激変した、六本木周辺の悪目立ちする風景。

戦後最大のいざなぎ景気を超えたと言われて久しい昨今だが、一般庶民にベースアップの恩恵があるわけでもなく、ペイオフ解禁でせっかく溜めこんだ預貯金に頼ることも難しくなり、介護保険は弱者に負担ばかりを強い、あげくお役人の無能ぶりをさらけ出しただけの年金記録漏れ問題は、疲弊しきったこの老人大国の終焉《しゅうえん》を暗示しているとしか思えない。

にもかかわらず、後退することを恐れるかのように肥大化していくだけの都市は、いまの朔耶の目に、まるで墓標のごとく虚しく映る。

誰が願うのか、こんな繁栄を？

誰かが泣いている。誰かが苦しんでいる。誰かが絶望している。それを見ずして、踏みつけにして、なお進むことしか考えない、この世界を。

その栄光を担う男の一人である井波が、氷室に関する書類を朔耶に差し出してくる。

「きみがいま味わってることは、二十二年前に、まだ子供だった氷室が味わったことと同じというわけだ」

だが、それは違う。井波には、まだ朔耶に対する温情がありすぎる。

「……全然……同じ、なんかじゃない」

喉の奥がひりりと乾いて、ようやく絞り出した声は、みっともなく掠れている。

「俺は……自分で選んだんだ！」

氷室の悲惨な過去を閉じこめた書類に、顔を埋めて朔耶は叫ぶ。

よるべない、六、七歳の子供ではない。二十歳の男なのだ。

振り上げられた手をよけるくらいの力はあるし、判断力もある。なのに、自分の意志で氷室の人形になることを選んだのだ。一方的に無体な行為を強いられたわけではない。

さらに、父は二千万の金を残してくれた。一人で生きる道を選ぶこともできたのに、意地だけで、志堂の屋敷にこだわり続けた。

「恨まれて……当然だ……！」

ずっとわからなかった、その理由。知ってみれば、あまりにむごい。

どうやって氷室は、九年ものあいだ耐え続けたのか。それほどに憎い家族のそばで。


都内にしては緑の多いキャンパスのなか、威風堂々たる創立記念講堂と本部棟に挟まれた中庭で、ようやくビジネス学科のゼミ仲間を見つけて、朔耶は肩で息をしながら声をかける。

「誰か、市ヶ谷さん、見かけなかった？」

問いかけられた四人それぞれが、顔を見合わせ、「さあ？」と曖昧な返事で言葉を濁す。

「いつからあの人、内田教授の助手をしてたっけ。よく覚えてないんだけど……頻繁に顔を出すようになったのって、わりと最近だよな？」

必死に訊いているのに、やはり反応が鈍い。なぜだろうと思っていると。

「つかさ、あの人、助手じゃねーべ」

一人が戸惑い顔で口を開いた。

それに呼応するように、われもわれもと、いっせいにしゃべり出す。

「あ、俺も、何者だよーって思ってた。よその研究室の助手がふらーっと顔出してるだけなのかなぁって。まあ、教授も帰ったあとだからいいのかなって」

「激しく同意！　なんか妙な人なんだけど、やたら堂々としてるんだよな」

「やっぱ助手じゃなかったんだ。てか、あの人、ゼミには一度も出てねーもんな」

市ヶ谷はどういった人物なんだろうという疑問は、みんな持っていたようで。さりとて声高に叫ぶほどでもないしと、なんとなくいままできてしまったらしい。

「ちょ、ちょっと待てよ、じゃあ、誰なら市ヶ谷さんのことを知ってるんだ？」

とにかく正確なことを知りたいと言えば、いっせいに視線が朔耶に向けられた。

「てゆーか、いちばん話してるの志堂じゃん。おまえが知らねーで、他の誰が知ってるよ」

「そうそう。てっきり志堂のお友達かと思ってた。なんかやたら偉そうだけど、志堂の知りあいなら、まあ、いいのかなって。だいたい市ヶ谷って、志堂にしか話しかけねーんだよな」

いきなりの集中砲火に、朔耶は慌てて否定する。

「いや、俺は知らないって。助手だと思ってたから相手をしてただけだし」

だが、ゼミ仲間から見れば、元華族の誉れを戴く朔耶が相手をしているなら、信用できる人物なんだろうということになってしまうのだ。少々、行動が怪しげだろうと、妙だろうと。

「だいたいいつも、あの人のほうから話しかけてくるんで……」

そう。市ヶ谷は、いつもいきなり現れて、雑談だけして消える。

白衣を着ていたし、内田教授の著書を持っていたし、勝手に助手だと思いこんでいただけ。

（最初に会ったのはいつだ……？）

朔耶は、記憶の奥のほうに押しこめていた市ヶ谷のデータを、探る。

――そこのきみ、内田教授の研究室はどこ？

キャンパスで声をかけてきた白衣の男。それが市ヶ谷だった。

知りあいの教授から紹介してもらってきたんだけど、あんまり広くて迷ったと、人なつこそうな口調と笑顔で言った。

むろん、助手のすべてがこの大学の学士というわけではない。ネットで公募したりもしているし、個人的なツテという場合もある。だから、新しい助手なのだろうと思ってしまった。

以来、研究室に顔を出すようになったが、それを変だと感じたことすらなかった。

ちゃらんぽらんな印象が強いせいか、ゼミに顔を出さなくても、サボりかと呆《あき》れはしたが、研究助手が専門なのだろうと、適当に解釈していたのだが。

「つーことは、市ヶ谷って……ニセ学生ってこと？」

ぽつり、と輪のなかに落ちた呟きは、そこにいた全員の気持ちを表していた。

都内だけでなく関東近辺に六つのキャンパスが点在し、総学生数は二万五千人を軽く超えるマンモス私大なのだ。偽物が紛れこむ隙がないわけではないが。市ヶ谷という名前以外、住んでいる場所も、年齢も、学歴も、なにひとつわからない男は幽鬼のごとき不気味さを感じさせ、その場の全員が青ざめた。とたん、朔耶のパンツのポケットで携帯が震えた。

あまりなタイミングに、びくと肩を弾かせながらも、携帯を取り出し相手を確認する。

サブディスプレイに点滅する『井波東吾』のデジタル文字。

朔耶は携帯を耳に当てながら、これぞキャンパス七不思議もんの怪事件だと盛りあがるメンバーから離れ、いま知ったばかりの情報を井波に伝える。

「……だから、俺が助手だと思っていた市ヶ谷さんが、森村じゃないかと思うんです」

『ありえるな。きみの動向を見張ってたってわけだ』

「二ヶ月も顔をあわせていて、今日の今日まで気がつかなかったなんて、マヌケすぎです」

ひっきりなしに学生達が出入りする本部棟を目の前に臨みながら、朔耶は木陰にすえられたベンチにがっくりと腰を下ろす。もしも市ヶ谷が森村だとしたら、朔耶は『志堂』の株を買い占めた張本人に、相談していたということになる。

『きみは人を疑うってことを知らないからだろう。まあ、そのまま健全に育ってくれよ。おじさんとしては、楽しみだ』

半分は本気、半分は慰めで、朔耶を落ち着かせ、ところで、と井波は話題を変える。

『そっちにも一人、怪しい男がいたってことだが。こちらにいた怪しい男は消えたぞ』

電波を通しても変わらぬハスキーな低音の持ち主が、明日の天気ほどの軽さで言う。

『実は氷室が出社していない。この五年で初めての無断欠勤だ。電話にも出ない。マンションに人をやってみたが、もぬけの空だ。うんざりするほど完璧な秘書ぶりで俺をスケジュールどおりに動かしていた男の突然の造反は、喜んでいいものかな？』

呑気な口調で、でも、実際はとても焦らなければいけないことを。

「ダメです……！　氷室を探してくださいっ！」

どうしてそれをさきに言わないと、とっさに朔耶は叫んでいた。

五年前、氷室が消えたときと同じような寂寥感《せきりょうかん》が、じわじわと身体を侵食しはじめる。

すっと額《ひたい》から熱が引いて、携帯を持つ指先がかすかに震えてくる。

（なぜ昨夜、氷室は俺の前に本性をさらけ出した？）

もしかしたら、井波が氷室の過去を探っていることに気づいたのかもしれない。

さらに、支倉翁にも遊びの行きすぎをいさめられた。遅かれ早かれ朔耶に自分の正体が知れるだろうと覚悟して、そのあげくの変貌だったのかもしれない。

（また、俺の前から姿を消すのか……？）

いやだ！

心のなか、自分の中枢で、なにかが悲鳴をあげたような気がした。

氷室のいない日々はもういやだと身を捩るものは、でも、決して性的な色合いを帯びたものではない。もっと甘ったれで、我が儘で、独占欲にまみれた、子供のように幼い感情だ。

素直に、一途に、氷室怜司《れいじ》という男を慕っていたころの、朔耶だ。

どれほど深く身体を繋ごうと、きつく吸われる肌が官能に染まろうと、穿《うが》たれる内部が欲望を知ろうと、でも、氷室を求める気持ちは、ただ純粋な少年の日のそれなのだ。

「お願いです！　捜してください、氷室を！」

日本でもっとも多忙な男ランキングをすれば、かなり上位に入るだろう井波に、無理を承知で懇願する。行かせないでくれ、どこにもと。

『……と言われても、心当たりがない。きみにはあるか？』

「心当たり、ですか？」

いや、あるわけがない。朔耶自身、寝耳に水なのだから。

と、頭のなかに、ぽつんと佐代の声が蘇《よみがえ》った。

——お人形がひとつないんでございますよ。奥様のお好きだったジュモー・トリステが。

持ち出したのは氷室だろうと、屋敷の隅から隅まで熟知している几帳面な家政婦が、不快感を露わにしていた。それに、花を切っていったとか言っていなかったか。

「人形を……持ち出している」

『は——？』

「ビスクドールと庭の花を持っていったんです、氷室は。なにかのために」

なぜ、いまさら氷室が人形を持ち出したのか。おそらく自分のためではない。誰かにあげるためだろう。

では、氷室の周囲で人形を欲しがっているのは、誰だ？

そして、花は肥後菊だ。一重の古典菊、秋の庭を飾る花々のなかから、わざわざなぜそれを選んだのか——と、そこまで考えて、氷室が行こうとしている場所が閃いた。

朔耶自身が、同じことをした覚えがあるからだ。ビスクドールと花を愛した人のために。

「氷室は、母親の墓参りに行ったんです……！」

アンティークの目利きだった母親のために、ジュモー・トリステをたむけに。

『わかった。情報通の女性陣に訊いてみる。霊園の場所も知ってるかもしれない』

「俺もっ……！」

言いかけて、朔耶は言葉を切った。

氷室を捜しにいきたいと、それは朔耶の身勝手な願いでしかない。

ついに復讐をなし遂げたと報告しにいったか、もしくは、自らの罪を懺悔しにいったのか、どちらにしろ、亡き人との語らいに朔耶はもっとも不要な人間だ。

「お願いです、氷室をどうか見つけてください……！」

だからすがるしかない。祈るしかできない。

いま見つからなければ、もうだめかもしれないから、本当に二度と相まみえることはかなわないかもしれないから、だから、見つけてくれと願うしかできない。


秋の日はつるべ落とし。なにをそんなに急ぐのかと思うほどに、五時を過ぎるとみるみる周囲が暗くなってくる。激動の二十四時間の疲れを引きずって帰宅した朔耶は、少々早い夕食をすませ、自室へと戻った。ドアを開けたとたん、奇妙な違和感を覚える。

（なんだ、なにかが……？）

違うと、朔耶は眉をひそめながら、周囲をうかがった。

荒らされた様子があるわけではない。でも、住み慣れた部屋の空気に、明らかに異質なものを感じる。ふと、オークのチェストの上に視線が留まる。そこに座っているのは、母親のお気に入りだった女の子、ブリュ・ジュン。百年以上前の作で、ヘッドとボディの組みあわせから、ドレス、靴、ウィッグまで全てがオリジナルという希少品だ。

その横に、手のひらサイズの小さな人形――ミニョネットがふたつ。アンティークのオールビスクで、男の子と女の子の対だから、これもかなりの値打ちものだ。

瞬間、なにが妙かがわかった。几帳面な佐代は調度品の微妙なずれさえ許さない。ハウスキーパーに掃除を任せるようになってからは、以前よりさらに目を光らせて見回るようになった。

それは朔耶の部屋も例外ではなく。留守の間にきちんと整えておいてくれる。

なのに、ブリュ・ジュンの座り方が妙に崩れている。そして、ミニョネットの並び方がいつもと逆だ。こんなミスは佐代は絶対にしない。

（誰が……？）

全身の神経を張りつめたとき、どこかでゴトと音がした。

（クロゼットだ……！）

朔耶が振り返ったのと、背後のクロゼットの観音開きの戸が内側から押されるように開いたのと、ほとんど同時だった。

そこから飛び出してきた何者かが、耳障《みみざわ》りな奇声をあげて朔耶に飛びかかってくる。

その手に握られた鋭い棒状のものが照明の灯《ひ》を弾き、黒光りする一閃《いっせん》を放ちながら降り落ちてくる。本能的にそれをよけたとたん、目標を失った凶器が鈍い音をたてて絨毯《じゅうたん》を叩いた。

「チッ！　逃げんなよ。つまんないじゃん」

獲物をしとめそこなって、少々つんのめった男が、舌打ちしながら朔耶を振り返る。

「……市ヶ谷、さん？」

白衣こそ着ていないし、美貌の邪魔になるだけの不似合いな眼鏡もかけていないが、間違いなくそれは市ヶ谷だった。いや、森村真希と言ったほうがいいのか。その手に握られているのは、祖父が愛用していた、見事な銀細工のハンドルを持つステッキだ。

「どうして……ここに？」

「一般公開を前に、ちょっとばかり拝見にきた。色々、面白いもんがあるねぇ。どれもお高いんだろうね。このステッキだって、持ち手の部分は純銀？」

右手でハンドルを持ち、シャフト部分で反対の手のひらをとんとんと叩く。

スネークウッドは模様の美しさもさることながら、なにより材質の堅さがステッキ材として重宝されている。まともにあたったら、ただではすまない。

「どーゆー気持ちがするんだろうね。祖先が伯爵様って。こんなお屋敷に住んでて、伝統とか家訓とかいっぱいあってさ。そーゆーのって、自慢？」

「誇りには、してます……」

「ふうん～。俺、なぁーんにも持ってないからわかんねーや。名前もなにも全部偽物だし」

「市ヶ谷さん……いえ、森村真希さん……？」

「あー、ようやく気がついたんだ。鈍いなぁ、お坊ちゃん大学の学生は」

「明日には、キャンパス七不思議のひとつになってますよ」

「ひゃはは～。それ、おもしれー。けど、森村って呼ばれるのはやだな。養父母っても、単に働き手が欲しくて俺を引き取っただけの他人だから。んで、市ヶ谷は捨てられてた場所。真希って洒落てるっぽいだろ？　けど、本当は、俺が着てた服にあったロゴなんだ」

アルファベットでＭＡＫＩ、それに当て字をしただけ。たぶんアパレルメーカーの名前なんだろう。それだけが、捨て子だった赤ん坊が持っていた、唯一のもの。

くくっ、と男は喉奥で笑い、だから市ヶ谷でいいよ、と朔耶に対峙する。

「だからさ、きみみたいになんでも持ってるヤツを見ると、嫉妬しちゃうわけよ。その上、怜司のやつ、最近じゃちっとも遊んでくれなくなっちゃってさ。それって、きみのせいじゃん」

怜司と、氷室を名前で呼んだあたりから、言葉遣いが子供っぽくなってきた。

助手のふりをしていたくらいで、経済学部の学生とタメを張って話せるほどの知識を持っている。どうやって身につけたのかは知らないが、才気煥発《さいきかんぱつ》な男なのに、精神は幼いままのような、ひどくアンバランスな印象を受ける。

「怜司が色々と法の抜け道を考えてくれるんだ。俺って会社を興しては失敗してるように思われてるけど、単に儲けを計上してないだけ。バレそうになったら、とっとと会社を潰しちまう」

法の網をくぐり抜けるスリルがたまらなかったと、氷室といっしょにやってきた色々なことを、市ヶ谷は自慢げに語る。その態度のどこにも、微塵《みじん》も悪気は感じられない。

小狡《こずる》い大人の話なのに、口調ときたら、まるで陣取りゲームに勝利したガキ大将のそれだ。

「やっぱいちばん面白かったのは、きみんとこを『INAMI』に乗っ取らせちゃったやつだな。うん、あれはサイコーだった」

「でも……氷室と違って、あなたに志堂への恨みはないはず」

「恨みって、なにそれ？　そんなん関係ないよ。世の中ってだましたもんの勝ちじゃない」

寝ぼけてんの？　と市ヶ谷は、甲高く笑う。

「でもって、いっちゃんズルしてるのってお国だし。なぁーんも努力しないで山ほど税金を徴収してんだから、まず弱者のために使えって思うじゃん。けど、俺を守ってくれたのって怜司だけだぜ。だったら、他のやつらはみぃーんな敵でしょ」

アナーキーで自己中心な理屈をとうとうと述べながら、手に持ったステッキをいつ振り上げるとも知れぬ手つきで弄ぶさまには、いったんキレたら止まらない破壊衝動のようなものが、見え隠れしている。

「俺は最低の生活をしてきたから。せっかく施設が潰れて、養子に出されたのに。そこでもこき使われて、ろくに飯も食わせてもらえなくてさ。腹減るのって哀しいよ。マジでつらいよぉ」

だが、実体験に裏打ちされたものとして、この世界に正しいものなどひとつもないのだと言われれば、返す言葉を朔耶は持たない。

市ヶ谷は、暴力のなかで生きてきた子供だった。氷室よりさらに幼いころから、ぶたれたり、蹴られたり、食事を抜かれたり、それが当たり前のように続く。毎日、毎日。

「俺は、もう我慢するしかできないバカな子供じゃない。殴られる前に殴る。だまされる前にだます。傷つけられる前に傷つける。それのなにが悪い？　身を守ってなにが悪い？」

より狡猾《こうかつ》で、非道で、冷酷な人間が生き残れるのだと、市ヶ谷は学んでしまったのだ。

身体にも、心にも、それが唯一、正しい方法だと。

だから、市ヶ谷のなかで悪は悪ではない。自分の邪魔をする者こそが、悪なのだ。

「でもって、きみは目障りなわけよ。怜司のやつ、最近じゃきみのことばっか気にして、つまんなくなっちゃってさぁ。だから、もう消えてくれない」

物騒なことを子供が遊びに誘うような口調で言いながら、じりっと迫ってくる男の目に、敵意などかけらも見えない。

「といって、殺人は割に合わないし。やっぱ顔かなぁ。そのきれいな顔がめちゃくちゃになれば、怜司だって興味はなくしちゃうだろうし。なによりさ……」

朔耶を捉える双眸も、口元も、声音も、なにもかもひどく楽しそうなのに、どこか常識が欠落したような空恐ろしさを感じて、自然と身体が後退《あとずさ》る。

だが、どんと背がなにかにぶつかって、もうあとがないとわかる。

「目障りなんだよ、その顔っ！」

渾身《こんしん》の力を込めて振り下ろされるステッキを、とっさに朔耶はよける。

髪の毛のさきを掠めて落ちたそれが、代わりに年代物のチェストを直撃する。

バキッ――！　と、鈍い破壊音とともに、百年もの時をその身に刻んできたビスクドールのヘッドが飛び散った。亡き人の愛した、ブリュ・ジュンが。

「あ……？」

それを見たとたん、市ヶ谷の動きが止まった。その目に初めて驚きの色が浮かぶ。

人間よりも、きれいな人形や玩具のほうが大事なのだろうか？　そうなのだ、きっと。幼い日に、なにひとつ与えられなかった男だから。

「ああ……、可哀想、きれいな子だったのに」

茫然《ぼうぜん》と壊れた人形を見つめている市ヶ谷の脇をすり抜けて、朔耶はドアへと走る。

ノブをつかむ前に、それが勝手に開いた。

とっさに、もしや佐代ではないかと朔耶は思ったが。

しかし、ドアの陰から姿を現したのは、小柄な老婦ではなかった。朔耶よりはるかに逞《たくま》しい体《たい》軀《く》の男――もう二度と離したくないと祈って、願って、待っていた男。

「氷室っ……!?」

その名を呼びながら、朔耶は絨毯を蹴る。

いつもはきれいに整えている前髪を乱し、緩んだネクタイを揺らし、息を荒げ、驚きの表情をまざまざと見せている氷室の腕のなかへと、迷いもなく飛びこんだ。

「怜司！　来てくれたんだ」

だが、助けにきてくれたと勝手に思いこんだ朔耶の希望を、背後から響いてきた市ヶ谷の声が、打ち壊す。もう元に戻ることのないブリュ・ジュンの哀しいヘッドのように。

「そいつ、ちゃんと捕まえてて。けっこうすばしっこいんだ」

市ヶ谷の言葉を裏打ちするように、氷室の両腕は捕まえた獲物を逃がすまいと、朔耶の身体をきつく押さえている。

（ああ……、バカだ、俺は……！）

忘れていた。氷室と市ヶ谷は一蓮托生の仲間で。対して朔耶は、恨まれこそすれ、決して守ってもらえる立場ではなかったことを。

氷室が過酷な運命と戦っていたとき、朔耶は優しい人達に包まれて、幸せを享受していたのだから。そして、九年ものあいだ仇《かたき》である人間達に使われてきて、氷室のなかに、そのすべてを破壊しなければ気がすまないほどの憎悪が生まれてしまったのなら、もうしょうがない。

これが贖《あがな》いになるなら、甘んじて受けるしかない。

覚悟を決めて、せめて氷室の顔を見ていたいと仰ぎ見たさきにあったのは、だが、怒りでも恨みでもなく、再会してはじめてみる悲哀の表情だった。

「もうやめよう、真希……」

どこか諦念《ていねん》を含んだ声音が、朔耶の髪を揺らしながら、背後の男に向かっていく。

「約束したはずだ。いっしょに遊ぶ代わりに、決して暴力は振るわないって」

「えー？　いいじゃん、そいつ、怜司の仇だろう？」

「この人は違う。俺が施設に入ったときには生まれてもいなかったんだ。恨むのは筋違いだ」

「怜司……？」

市ヶ谷が戸惑ったように、その名を呟く。でも、それ以上に朔耶は驚いていた。

「すまない。もう遊んでやれない。これ以上続けたら、おまえが壊れる」

まるで朔耶をかばうように、胸のなかに抱きこんで、氷室は市ヶ谷に語りかける。穏やかに、静かに、慈しみさえ漂わせて、つらい過去を共有しあった仲間へと。

「ふうん～。そうなんだ、やっぱ、俺よりそいつのほうが大事なんだ」

「そうじゃない……。比べられるものじゃないんだ」

「あ～あ、いいよ、べつに、言い訳なんて」

さっきまでの楽しげな口調とは一転して、ひどくつまらなそうに、市ヶ谷が吐き捨てる。

「もう怜司も、そのお人形さんもいらないから、二人して消えちゃえよ」

嫉妬めいたものを滲ませた声に引き寄せられるように、肩越しに振り返ったさき、市ヶ谷は、スネークウッドの硬質なステッキを握り締め、歪んだ笑みを浮かべながら近づいてくる。

でも、氷室は逃げない。いま逃げたら、市ヶ谷は本当に誰も信じられなくなると知っているから、たとえ自分の身がどうなろうと、その怒りのすべてを受けようと決めているのだ。

「朔耶さん、後ろに……！」

とっさに氷室は朔耶の身体を背後に逃がそうとし、朔耶は氷室の胸にひしとしがみついた。

「いやだっ……！　俺は、逃げないっ！」

その瞬間、どちらも相手をかばうための盾になろうとした。

突き放そうとする氷室と、すがりつく朔耶の視線が絡まって、ほんの刹那《せつな》、そこに真実の想いを見た。氷室にとっては朔耶で、朔耶にとっては氷室で——互いに自分より相手が大事で。

大事すぎた力が、二人のバランスを崩し、もつれあいながらその場にくずおれていく。

そして、再会して初めて、本当の意味で抱きあった。

同じほど深く、相手を想う心で。

（ああ……、もうじゅうぶんだ……）

なにがおころうと、もういい。

こうして、失いたくない男を取り戻せたのだから。

すべてを覚悟した朔耶を、全身でかばうように氷室が抱き締める、強く、強く。

でも、それが、さらに市ヶ谷の怒りに火をつける。

「バカみたいっ！　二人して……！」

どこか常軌を逸したような、甲高い声。ひゅん、とステッキが空気を切り裂く気配。

けれど、身を打つはずの衝撃は、いつまでたっても襲ってこない。

「な、なんだよ…、おまえっ……？」

唐突に、市ヶ谷が妙に焦った口調で、わめきはじめる。

なにかと見上げたさき、市ヶ谷はステッキを持つ手ごと、長身の男に取り押さえられていた。

「おまえら、黙って殴り殺される気か？　そーゆーのは美徳でもなんでもないぞ」

井波だった。こんな場面でさえ、ひたすら合理的な思考の男は、飄々としたもの言いで、バカげた覚悟を決めていた二人をたしなめる。

「だいたい、おまえがいなくなったら、誰が俺のスケジュールを管理するんだ。使える秘書を見つけるのはけっこう大変なんだぞ」

呑気に言うあいだにも、じたばたともがいている、なりだけでかい子供の手から危なっかしい玩具を奪いとり、絨毯の上に投げ捨てる。ついでとばかりに、その細い身体を、まるで荷物のように軽々と肩に担ぎ上げてしまう。

「な、なんだよ、おまえっ…!?　ぶっ殺すぞっ！」

両足を押さえられ、井波の大きな背中にだらりとぶら下がる形になってしまった市ヶ谷は、さすがに驚きを隠せず、脅しにもならないことを叫びまくる。

「はいはい、怖い坊やだ。お兄さんが最高に楽しいとこに連れてってやるよ。なんたって、世界中の人間をだませる場所だからな」

きーきーとわめいていた市ヶ谷が、井波の言葉にじたばたさせていた手足を止める。

なにを言っているのか、このオヤジ？　怪訝《けげん》な表情の市ヶ谷の意識は、すっかり井波だけに向いてしまっている。自己防衛が最優先の市ヶ谷にとって、いま自分を捕らえている男をどうするかというほうが、氷室や朔耶より重要なのだろう。

「てことで、こいつは俺が引き受けるから。明日はちゃんと出社しろよ」

それだけ言って、延々「死ね！」だの「クソオヤジ！」だのと、わめいている市ヶ谷を肩に乗

せたまま、井波はドアの向こうに姿を消してしまった。

しばし茫然としていた朔耶だが、自分を抱き締める男の体温を感じているうちに、市ヶ谷と対峙していたときの恐怖がようやく実感として湧いてきて、ずるりと脱力してしまう。

「朔耶さんっ、大丈夫ですか……!? お怪我は……?」

氷室の腕に力がこもり、大きな手が朔耶の背中を支える。

目の前に、すぐそばに、吐息の触れる距離に、なにか痛みでもこらえているような氷室の顔がある。眼鏡の奥、眇められた瞳のなかに、もう隠すこともできない想いが満ち溢れている。

それは間違いなく、懐かしい日々、常に傍らにいた男だ。

「氷室っ――……!」

もう泣いてもいい、そう自分に許して、眦からこぼれていくものを感じながら、朔耶は震える腕で氷室の首にしがみついた。

「……朔耶さん……!」

戸惑いと安堵が入り混じった、震えるような低音を耳元で聞きながら。

もう決して離さないと、二度と失わないと、心に決めて。

7

「ああ、奥様の大切なビスクドールが……」

厨房で洗い物をしていた佐代は、朔耶の部屋での騒ぎにまったく気づかず、部屋を片づけてくれと呼ばれて初めて、その惨状を目の当たりにして、泣きそうな顔で掃除をはじめた。

無惨に砕け散ったさまは確かに哀れを誘うけど、なぜだか朔耶には、人形が自分の身代わりになってくれたような気がするのだ。

あのとき、市ヶ谷の意識が壊れたビスクのヘッドに向いたから、朔耶は逃れることができて、氷室と井波が間にあったのだ。

そして祖父の形見のステッキ――市ヶ谷が振り下ろしたそれを紙一重で避けられたのも、決して人を叩くものではないとの、祖父の想いが宿っているからのような気がする。

だいたい、歳の割にはまだまだ耳は遠くない佐代が、あれほどの騒ぎを聞かなかったというのが変だ。もしも佐代があの場に駆けつけたら、市ヶ谷に狙われたかもしれないだろう。

(家が、守ってくれたんだ)

屋敷はもとより、百年以上の時を生きたもの達には、なにか人為とは無縁の力が宿っているのかもしれない。そう、たぶん、不要な血を流させることを、彼らがよしとしなかったのだ。

ならば、氷室の行動はなぜ許されたのか?

主人の部屋を我がもの顔で使い、朔耶を辱める。志堂の名を汚す行為のすべてを、ビスクドール達は、その硬質なガラスの瞳で見ていたのに。

「やっぱりおまえ、市ヶ谷さんと同じ施設にいたんだな」

自室の片づけを佐代に任せ、朔耶はいまは氷室のものとなった部屋に来ていた。

二人、身を寄せあうようにベッドに腰を下ろし、しばし庭から聞こえてくる虫の音に耳を傾けていたが、やがてどちらからともなく、今日おこったことについて話しはじめた。

氷室は朔耶が思ったとおり、ジュモー・トリステと肥後菊をたむけて亡き人に自らの罪を懺悔していたところを、井波に発見され、ほとんど力ずくで引っ張ってこられたのだという。

廊下で市ヶ谷の声を聞きつけて、飛びこんできたあとは、もう説明の必要もない。

「真希は、二歳のときから施設が潰れる十一歳までのあいだを、あそこですごしたんです。可愛かっただけに、かえって攻撃の的になってしまって。守りきれなかった……」

市ヶ谷のことを語るとき、精悍な氷室の横顔に、やりきれぬような表情が浮かぶ。

施設を出てからも連絡は取りあっていたが、再会したのは、氷室が志堂の家を出た五年前だったという。そのときから、氷室は市ヶ谷とともに復讐の準備をはじめていたのだ。

「あいつを引きこむんじゃなかった。理由はどうあれ、犯罪の片棒を担がせるなんて……」

「違うだろう、それは。腕力を振るわせないためにしたんだろう?」

あの怒りを暴力に転化させたら、市ヶ谷はまっとうな世界で生きることができなくなってしまう。せめて、その手が血で染まることがないように、頭脳ゲームへと導いたのだ。

ほうっておけば、悪を悪とも思わず、いずれは犯罪に走る。ならば、最小限の罪でとどめるしか市ヶ谷を守る方法がなかったのだと、いまなら朔耶にもわかる。

「今回の買収絡みの件だって、たとえインサイダー取引と判断されても、主犯は自分で、市ヶ谷さんは手駒として使っていただけって、そう見えるように仕組んでいたじゃないか」

朔耶も井波も、市ヶ谷は——いや、森村真希はただの傀儡《かいらい》で、裏で誰かが操っているものだと思っていたのだから。

「おまえ、一人で罪をかぶるつもりだったのか？」

そうして、再び朔耶の手の届かない場所へ行ってしまうつもりだったのか、最初から。

「私がしたことは言い訳ができない。あれは逆恨みです。父の店が乗っ取られたのは、無謀な借金を繰り返したあげくだ」

だから、恨んでいたのは、許せなかったのは、そのことではないと、氷室はあきらめの滲んだ顔を、ゆっくりと横に振る。

「ご存じのように、施設での事件で、私に関する資料もすべて破棄されていた。それでも戸籍を見れば両親の名前はわかったのに、あの男は私が誰かさえ気づかなかった。これっぽっちも気がつかなかったんです……！」

許せなかったのは、忘れ去られたこと。

志堂宗介が、自分が奪ったもの、自分が得たもの、それが誰のものであったかさえも、多忙を言い訳にして、忘却のかなたに押し流してしまっていたこと。

「いつだったか、得意げに話してくれましたよ。以前は、潰れかけていた会社や店をずいぶんと救ってやったと。あの男は、他人が汗水垂らして築いたものを、涙ながらに手放したものを、ヒーロー気分で救ってやったと思いこんでいたんだ……！」

「……氷室……」

いったい、なんと謝ればいいのかわからない。

支倉翁のもとに身を寄せているなら、首に縄をつけてでも引っ張ってきて、土下座をしてわびを入れさせてやりたい。それで、氷室が受けた苦しみが消えるわけじゃないけど。

じっとしていられず、朔耶は氷室の手を握り締める。もう手袋で隠す必要もないその指先はひんやりと冷たく、いまの氷室の気持ちを表しているようだ。

「でも、どれほど恨み言を並べたとしても、子供を置き去りにして逃げた私の父親も、どのみち同じ穴の狢《むじな》にすぎない。でも、母のことは……」

氷室はそこで言葉を切り、しばらくためらっていたが、やがて重い口を開いた。

「仕事疲れかと思って病院で検査したときには、もう手遅れで、手術もできないと言われました。放射線治療か抗ガン剤治療を試すしかないと」

詳しい病名は口にしなくても、それだけで、どれほど深刻な状態だったかがわかる。

「治療費や色々、金がいったんでしょう。それに母がいないと店も立ちゆかないしで、父は金融業者から金を借りたんです。いわゆる街金です」

「街金って、まさか、トイチとかか？」

「ええ。無謀でしたね」

トイチとは、十日で一割の利息がつくという意味で。十万円借りれば、十日で一万円の利息になる。むろん違法だが、それでも背に腹は代えられないと手を出してしまったのだろう。

「余命半年、長くて一年。でも、治療の効果があったのか、入院して一ヶ月で一時帰宅を許されるほどに回復したんです。なのに、そこにヤクザまがいの男達が押しかけてきて、父の借用書をちらつかせて、金を払えと迫った——それが『志堂コーポレーション』の社員でした」

「えっ……？　でも、借りたのは街金じゃ……？」

「街金から借用書を買い取ったんです。それを使って買収を進める。志堂宗介の言うところの、合法的な買収のやり方ってやつです」

借用書の売買は合法だが、それには債務者への通知と承諾が必要のはず。もっとも、氷室の父親は、そんなことに気がまわる状態ではなかっただろう。

「あいつらは、家中をひっくり返して、金目のものをあさっていった」

まだ六歳だった氷室は、母親の腕に抱き締められて、それを見ていたのだ。

商売のためではなく、自分達の趣味で、ひとつひとつ買い求めていたアンティークが——母親の好きだったビスクドールまでもが持ち去られていくのを。

「いちばん大事にしていた人形——ジュモー・トリステ、それだけは残してほしいと男の腕にしがみついた母に、そいつは言い捨てた。どこで母の病気のことを聞いてきたのか、どうせさきも長くないんだから必要ないだろうって」

「……そんな……！」

「母は病気のことは知ってました。その上で一日でも長くと、つらい治療にも耐えていたのに、あんな連中に揶揄《やゆ》されて、大事な人形も奪われて、そのショックでか病状が悪化して。再入院したんですが、すっかり気力をなくしてしまって……半月ももたなかった」

せめて一年。儚《はかな》い……本当に儚い希望にすがっていた家族を、言葉の暴力で打ち壊し、それを合法と開き直る心の根の醜さに、氷室は眦をきつくする。

「薄いお粥《かゆ》すら喉を通らなくなって、見る間にやせ細って、それでも家族に心配をかけまいと笑っていた母に、どんな罪がある……!?」

どれほど短い時間であろうと、幸せにすごせるはずだった。

愛した人形達に囲まれて、ゆっくりと、穏やかに暮らせるはずだった。

「なのに、あいつらは、母から最後の安らぎまで奪ったんだ……！」

もうおぼろになってしまった記憶のなか、でも、母親の寂しげな顔だけは忘れない。

「せめてなにか欲しいものはないかと問いかけた父に、母は、人形を持ってきてくれと言ったんです。大事にしていたビスクドール――もう借金の形に持っていかれてしまったのに、記憶も曖昧になっていたんでしょう。すっかり細くなった手で人形を抱くような仕草をして……それが、最期《さいご》でした……」

その姿を、ようやく七歳になったばかりの少年は、眼《まなこ》に焼きつけたのだ。

誰がなにを奪ったのか。誰が母親を死に追いやったのか。利発な少年はその意味を悟り、脳裏に深く刻みこんだ。『志堂コーポレーション』の名を、決して忘れないように。

「私がしたことは、逆恨みのあげくの復讐でしかない。けど、それが悪だと言うなら、教えてほしい。なぜ母は、あんな悲しい死に方をしなければならなかったのか？　大切にしていた人形ひとつ抱けず、最期を迎えなければならなかったのか……？　その正当な理由があるなら、教えてほしい……！」

振り絞るような叫びに答える術を、朔耶は持たない。持ちうるはずがない。

「氷室っ……！」

ただ、その腕にすがり、すべてを告白しようと決めた男の言葉に、耳を傾けるしかない。

「施設を出て、働きはじめてから、俺はひたすら人形を探しました。奪われた人形を取り返すのは無理でも、せめて同じジュモーの人形をと……」

感傷でしかないけど、それにすがって生きるしかなかったのだ。そのときの氷室は。

ようやく骨董《こっとう》店のショーウインドウに見つけたものの、海外のアンティークドールは、バイト代のほとんどが生活費に消えてしまう十五歳の少年にとって、簡単に手の出るものではない。

それでも、爪に火を灯すような生活のあげく、ようやく貯めた二十万円を握り締めて訪れた骨董屋で、氷室の足元を見た店主は、値札の倍の金額を要求してきた。とっておいてやる代わりに前金を入れてもらうと、なけなしの金を奪って氷室を追い出したのだ。

二十万――それは十五歳の少年が、食べるものを削り、朝から夜まで働き続け、半年がかりで貯めた、命の代価の二十万。

「他に削れるものは家賃しかなくて、アパートを出て公園のベンチで寝起きして……」

でも、それで、まっとうな生活ができるはずもない。タチの悪い風邪をひいて、動けずにいた数日のあいだにバイトはクビになっていたと、悲惨なだけの日々を、母親を語ったときの激しさとは違う、淡々とした語調で氷室は語る。

「もう限界だった。たとえ盗みをしてでも人形が欲しくて……気がついたら、俺は志堂の屋敷の前にいたんです」

自分の幸せを踏みにじった男の屋敷。でも、そこになら母の大事にしていたジュモー・トリステがあるかもしれないと、そう思って、何時間も冷たい道路にしゃがみこんで、なかに入りこむ機会を狙っていたのだ。二メートル余りの塀を乗り越える力はすでになく、門さえ開けば忍びこんで、人形のひとつくらい盗み出すことはできると、罪悪感すら抱かずそのことだけを考えていたと、興奮のときをすぎたいま、疲れの滲む顔で氷室は告白する。

——人形がなければ、お袋の墓参りにもいけない。

強迫観念のようにそのことだけ考えていたから、帰ってきたベンツのヘッドライトに呼応するように門が開いたのを見て、思わず走り出してしまった。

そして、あの事故はおきたのだ。

「あの男は、私が金めあてに当たり屋をやったと思いこんでいた。その根性を買ってやると、そう言って私を引き取ることに賛成したんです。でも、本当はそうじゃない……。私はただ、母の墓前にそなえる人形が欲しかっただけなのに」

ずっと、この男のなかにある昏い焔の意味が知りたかった。

——可愛い可愛い、お人形さん。黙って私に遊ばれていなさい。

そう言って、薄笑いを浮かべながら自分を抱いた男のうちにあるものが、どうにも理解できなくて、戦慄を覚えたこともあったのに。

なぜあれほど人形にこだわったのか、理由がわかってしまえば、そこにあるのは、母親を悼《いた》む息子の切ない想いしかない。いまさらなにを手に入れようとも——どれほど値打ちもののアンティークドールを手に入れようとも、決して取り戻すことのできないぬくもりを必死に追いかけていた、寂しい、哀しい、男の姿だ。

「すまなかった……。許してくれ……どうか許してくれ……！」

そんな言葉が、なんになるというのか。

百万回、謝罪を繰り返そうとも、失われた命はもう戻らない。

どれほど泣いても、わめいても、後悔しても、決して戻りはしないのだ。

その虚しさは、朔耶自身も、優しい人が逝った五年前に身を切るほどに味わった。

「なぜ謝るんですか？　卑怯《ひきょう》だったのは私のほうなのに。この屋敷に懸けるあなたの想いを利用して、脅迫して、強引に身体を奪った」

「違うっ……！」

そうじゃない、と朔耶は大きくかぶりを振る。

「おまえは、だって、ちゃんと逃げろと言った。理由はどうあれ選んだのは俺だ！」

どんな目にあおうと。男としての面子《メンツ》を粉々に砕かれようと、志堂家の伝統と誇りを守ると決めたのだから、そのことに後悔はない。後悔があるとすれば、朔耶が意地でしがみついた選択によって、ついに成就《じょうじゅ》された復讐の結果に、当の氷室自身が深く傷ついていることだ。

「だからといって……私があなたにしたことが、許されるわけじゃない」

声にも表情にも、朔耶を惑わした、うそ臭さはかけらもない。

必死に鎧《よろ》った仮面を外し、胸のうちに潜ませていた激情を——七歳のとき以来、実に二十二年の長きに渡って澱《おり》のように沈殿させていた憎悪を、一気に押し流してしまったいま。憔悴《しょうすい》しきった氷室は、それでも、どこか優しげな声で告げる。

「まだ六つだったあなたの手が……その小さなぬくもりが、私を救ってくれたのに」

小さな、小さな、紅葉のような手。

凍えきった身体に染みこんできた体温——それが、あのとき死すらも覚悟した氷室を蘇らせたのだ。そうして生まれ変わったはずなのに、恨みは厳然として氷室のなかに居座って。憎いだけの男の顔を見ながら、口先だけの感謝の言葉を吐き続け、うそで塗り固められた日々のなか、でも、小さな主人のそばにいるときだけは、幸せだった自分を思い出すことができた。

「私も、六歳のころはあなたのように笑っていた。未来におこる不幸などなにも知らず。ただ、両親と幸せな毎日をすごしていた」

朔耶を見つめる氷室の目に、なにかを懐かしむような色が溢れる。

(じゃあ、うそじゃなかったんだ……)

氷室とすごした優しい日々は、決してまがい物ではなかったのだ。そう思ったとたん、それまで不安と慚愧《ざんき》に揺れていた鼓動が、とくとくと軽やかな音を刻みはじめ、氷室に触れている指先だけでなく、頬や耳朶までもが、一気に柔らかな熱に包まれたような気がした。

「だったらもう、それだけでいい。おまえにとって、俺との日々がつらいだけのものでなかったのなら——ほんの少しでもおまえの心を慰められたのなら、もうそれだけでいい」

「……いいえ、いいえ…！」

まがい物のはずがないと、氷室は朔耶の手を握る。痛いほどに握り締め、自分を救ってくれたこの手が、大事でないわけがないと。

「あなたと奥様には感謝こそすれ、恨みなどあるはずがない」

「おまえは……お袋が好きなのかと思っていた」

「ええ。奥様を見ていると、同じように人形好きだった母を思い出して。あの方がいるかぎり、私はすべてを自分のなかに抑えこんでおけるはずだった」

「通夜のときに泣いていただろう？　お袋を偲《しの》んで泣いてるんだと思ってた」

「それもあります……」

でも、それだけではない。

「奥様が亡くなったことは、つらかった。でも、それ以上に、私は自分を哀れんでいたのです。これで、自分のなかの醜い妄執をとどめてくれる人がいなくなってしまった。復讐にかこつけて、ひた走るだろうそのさきになにがあるか、あの夜、見えてしまった……！」

それは衝撃だったと、氷室は自分でさえ理解できない感情におののき、眉根をきつく寄せた。

「私は、あなたに欲情したのです。黒い喪服に身を包んだ、あなたを見て……！」

悲嘆にくれながらも必死に涙をこらえている、その気丈な姿を見て、いっそ朔耶が鎧う矜持ごと喪服を引き剝《は》がして押し倒してしまいたいと、心よりも身体があさましく反応してしまった。

「きっと……どこかおかしいのです、私は」

自分を引き取ってくれた人の死は、ただ悲しかった。

そして、もう胸のなかに潜ませていた憎悪を御する術がなくなってしまったと思えば、歪んでいくばかりの自分の未来が見えて、苦痛すら覚えたのに。

そういった様々な感情とは別に、それはあったのだ。

「いったいいつからか、もう自分でもわからない。でも、ここに……この胸の奥に宿ってしまった禍々《まがまが》しい願いをかなえるために、私は母の望みすらも言い訳にしていたんだ」

人として許されぬ、あさましい欲望。

それが蠢き出すのを感じた。屋敷中が失われた優しい人を偲び、悲嘆にくれている最中。じわりと目覚めて、宗介を憎む心に訴えかけた。

行動しろと。手に入れろと。欲しい者を、その腕に抱けと。

「いつか、自分達家族が味わったのと同じ思いを味わわせてやりたいと、そう決めたのは、あの夜です。奥様が亡くなって、それは否応なしに母の最期を思い出させて。ここまで同じ運命をたどるならすべて同じにしてやろうと――宗介に父と同じ運命を味わわせてやろうと……」

運命は、ときにひどく意地悪な偶然を、人にもたらす。

まるで、川面に浮き沈みする木の葉のごとく、揺れ動くちっぽけな心を試すかのように。

「だが、そんなものは言い訳にすぎない。私は……ただあなたを抱きたかっただけだ！　手に入れて、その肌に触れて、醜いだけの欲望を現実のものにしたかった……！」

朔耶に恨みなどなかったのに。いったいどこで歪んでしまったのか。それどころか、一生この小さな主人に仕えようと思ってさえいたのに。

「母が最期に人形を欲しがっていたから、代わりにこの世でいちばん美しい人形を手に入れて、お人形さん遊びをするなんて、いい歳をして本気で考えるわけがない……。どこで私は間違えてしまったのか……？」

せめて自分の愚かな行為を懺悔しようとしても、こぼれ出る言葉は形になったとたん、無様な言い逃れに変じてしてしまう。

「あなたを平気で傷つけられる、そんな生きものになり果ててしまったのか……？」

「興味があったのは、身体だけか？」

「違いますっ……！」

それだけは違うと、肉欲だけでは決してないと。いっそこの胸をかっさばいて、想いの丈を見せることができたならと、自らのいたらなさを責めるしかできない男の頬に、そっと朔耶は手のひらを添える。

ぴく、と身を引こうとした男を、瞳で捉えて射すくめる。

「だったら、平気のはずがない。そうだろう？」

楽しそうなふりをして見せてはいたけど、本心から楽しんでいたわけではない。鑑賞会に集まった老爺達のような歓喜は、ただの一度も氷室の目に浮かびはしなかった。

どれほど隠そうとしてもその瞳によぎる昏い影に——セックスドールとして犯されていた朔耶よりもなお虚無をたたえた眼差しに、朔耶は気づいていた。その意味を知りたかった。

「おまえは平気なんかじゃなかった。いつも傷ついていた。たぶん俺を抱くたびごとに、おまえの心のほうが傷ついて、血を流していた。俺を好きなようにあつかって、勝手に墜ちていくおまえを見ているのがつらくなるほど……おまえは深く傷ついていたんだ」

「だからといって、許されることじゃない！」

まるで、朔耶の手から逃れようとするかのように、氷室は首を振る。

「あなたに拾われて長らえた命なのに、自らの欲望に負けてもっとも大事な人を傷つけた。この罪は万死に値する……。誰が許しても、私自身が許せないっ……！」

氷室の朔耶に対する気持ちを、『執着』だと言ったのは、井波だった。

いったん思いこんだら、ひたすらその道を行ってしまう。たとえそれが悪だろうと、禁忌だろうと、貫かねば気がすまないほど一途な男なのだ、本当は。

ずっと、朔耶が思っていたとおりの男だった。

すべてが白日の下にさらけ出されたいま、罪を自覚している氷室は、朔耶が手を離したら最後、自らを罰するために去っていくだろう。許されてはいけないと、そのことだけに突き動かされて。

ならば、氷室を行かせない方法をひとつしかない。

「安心しろ。司法の手になんか渡さない。どうせこの国は経済犯に甘い。へたをすれば執行猶予《ゆうよ》つきだ。おまえは俺が裁いてやる。おまえの犯した罪にふさわしいだけの罰を」

罰を与えるのは、氷室を裁くのは、朔耶でしかありえない。

「朔耶さん……」

氷室は再会して初めて、輝くような歓喜を溢れさせ、ベッドから下りると朔耶の前に跪《ひざまず》いた。

その爪先に口づけを送り、至上の喜びに満たされて、裁きのときを待つ。

手を伸ばし、朔耶は、乱れ落ちた氷室の前髪を指先で掻き上げる。

そして、百二十余年に渡る志堂家の矜持をその身に宿し、凛とこうべを上げ、主人たるものの尊厳と慈愛をもって、再び逆転した立場で命じたのだ。

「おまえの愛のすべてを、俺に捧げろ」

氷室を、永遠の牢獄に繋ぐために。


「私の愛は…歪んでいる。自分で御することもできないほどに、どうしようもなく」

氷室は不安に揺れる胸のうちを告白しながらも、誘うような肌の白さに目を眩《くら》ませ、震える指先をおずおずと朔耶の身体に伸ばす。

肉欲をともなった恋情を——それも、男同士という禁忌の想いを主人に抱くなど、道義にもとる。許されるべきではないのに、わかっていても止められない。だからこそ、触れるなと命じてほしかったのだろう、氷室は。忠誠だけを求めれば、必ずそうした。

言葉がもつ力で、朔耶はいくらでも氷室を束縛できたのだ。

「なのに、どうして……？」

力で人を縛ってはいけないと、それは伯爵の称号を戴いていた祖父の口癖だった。

老いてなお壮志やまず、幼い朔耶をともなって季節の花に彩られた庭を散策するたびに、華族としての責務を説いていた朗々とした口調は、いまもなお耳に残り、朔耶を導いてくれる。

潔《いさぎよ》くあれと、優しくあれと、与えよと。

「俺が、おまえの主人だからだ」

きっぱりと告げて、恐る恐る触れる男の手に自らの手を添えて、もっととうながす。

氷室が望むもの、すべてを与えるために。

悪と知りつつも気持ちを制御できず、ほうっておけば破滅に向かってひた走るだけの男をどうしても見捨てられないなどと、慈愛めいた言い訳をするつもりはない。

ただ、この男は自分のものだから。井波のものでも、市ヶ谷のものでもない。最初に拾った自分のものなのだと、そのことにようやく気づいただけ。

「あなたは……世界でたったひとつの、本物のアンティークドールだ」

震える手で朔耶の服を脱がせながら、陶器のごとき肌をまさぐり、氷室がうっとりと呟く。

「まだ人形あつかいするのか？」

「姿形の美しさを言ってるのではないのです。あなたの中には、この屋敷や人形と同じように、時をへてなお輝く矜持が息づいている」

氷室を魅了したのは、決して外見だけではないのだ。朔耶の内面には、激動の時代を見続けたアンティークドールを思わせる、優雅な達観がある。

それに魅せられて、それに焦がれて、あさましい妄想の虜《とりこ》となり、逆恨みのあげくの復讐を言い訳にして、自らの醜い願望の数々を——現実でないからこそエスカレートしていくばかりだった卑猥《ひわい》な行為を、堰を切ってしまった情動のままに欲しがって。貶めるだけ貶めた人は、でも、出会いのときから変わりなくいまも氷室を魅了し、不埒《ふらち》な欲望へと駆りたてようとする。

「この肌を人前にさらすなんて、バカだ、私は。でも、自慢したかった。私のお人形さんは、こんなにもすばらしいのだと。こんなにも美しいのだと」

だが、あの鑑賞会だけは、本気で反省しているらしい。いや、自慢よりも嫉妬が勝るのか。いまはただ後悔ばかりだと、氷室は殊勝に白状する。

「あなたの肌を、あんな爺《じじい》どもに見せるなんて。私だけのものであればいいものを……！」

だが、後悔のしどころはそこか？　それはなにか違うんじゃないか？

朔耶の気持ちを慮《おもんぱか》っての反省ではなく、独占欲からの言葉なのだと知って、この男は本当にどこか歪んでいるな、と朔耶は苦く笑んだ。

「本当にどこまでも、自分のことしか考えられない男だな」

「……すみません」

「まあ、いい。拾ったのは俺だ。きちんと躾られなかった俺にも責任がある」

もっと察するべきだったのだと朔耶は自らを恥じ、九年もそばにいた男の気持ちを、たとえ子供であったとしても、気づけなかったことを、わびる。

「もっと、わかってやればよかったな。おまえが瞳の中に必死に隠していたものを、見つけてやれなかった。すまない。いたらぬ主人で」

朔耶の真摯な目を前に、氷室は愕然とし、「いいえ、いいえ！」と強くかぶりを振る。

「どうして？　許されていいわけがない。それくらいの自覚はある。すべてが露見したときには、二度と触れることもかなわないと覚悟はしていたのに……それでも、暴挙に走ったおろかな男を、なぜあなたは許すのです？」

すべてを知ってしまえば、氷室のしたことは、確かに法すら逸脱した行為だった。そういう意味では、罰せられなければならないのかもしれない。

でも、氷室は朔耶のものなのだ。氷室のしたことが罪ならば、咎《とが》を受けるのは最初にこの男を拾った朔耶にあるのだと、主人としての責務をビスクの肌に染みこませるように教えられて育った朔耶は、なんの不思議もなく思うのだ。

「俺が拾わなかったら、消えてしまっていたかもしれない命だ。責任は最後まで果たす」

本音を見抜くためにも、これからすることにも、少々でなく邪魔な氷室の眼鏡を外し、伸ばした手のさきにあるサイドテーブルの上に置いて、もうなにも隠せない顔を覗きこむ。

「世界中がおまえを悪だと決めつけても、俺はおまえを信じる」

許してやるとか、認めてやるとか、そういうたぐいの感情ですらない。自分が拾ったものは、最後までちゃんと面倒をみる――それが当たり前のことだから。

「……あなたは、何度、許さないでくれと懇願しても、聞いてはくれないんですね？」

自ら主人と決めた人のあまりに純粋な想いを前に、氷室はただ悄然《しょうぜん》とうなだれるしかない。

御しきれない欲望のままに、好きなだけ奪った、穢すだけ穢した、その果てに、もう逃げるしかないと永久の別れを覚悟した。

こんな矮小《わいしょう》な男でしかない自分が、どう足掻《あが》いたところで、かなうわけはないのだと。

九つの年齢差など、朔耶相手にはなんの意味もないのだと思い知った男が、もう無意味な繰り言すら口にできないと、疲れた笑みを口の端に刻む。

「私の手は、あなたに触れられないくらい、汚《よご》れきっているのに」

自戒のための白手袋などない状態で、こうして直に感じる肌触りのほうがよほど気持ちがいいはずなのに、それが心地よければよいほどに、氷室の手は罪の意識におののくのだ。

「だったら、汚してもいい」

そう言って伸ばした手で、すでにずいぶんと緩んでいた氷室のネクタイを外し、カッターシャツの前を開いて、朔耶は自分から触れる。

厚い胸板を覆う、ほどよく日焼けした皮膚の感触は、朔耶のそれとはずいぶんと違う。

「おまえに触れたい。肌に、唇に、頬に、すべてに触れて、おまえの中にあるものを知りたい」

「いけません……」

「聞かない。これは命令だ」

再び逆転してしまった立場で朔耶は命じ、ちろりと覗かせた舌先で、氷室の唇を嘗める。

ぴくと身を引こうとした男は、でも、一瞬のち、獣の本性を露わにして、噛みつくような口づけとともに朔耶の身体に伸しかかってきた。

両足で朔耶の身体を跨《また》ぎ、頤《おとがい》を捕らえ、逃れる術をすっかり封じてから、より深く食《は》みあう角度を探しはじめる。顔の向きを微妙に変えながら、するっとはまったそのあいだに躍りこんできた獰猛《どうもう》な舌が、朔耶のそれを絡めとり、強く吸いあげては、甘噛みする。

「……んっ……」

じん、と痺れた首筋から耳朶までを長い指がくすぐるように這《は》い回り、甘い吐息を誘う。

大きな手のひらで、すっかり前を開かれたシャツから覗く胸元をまさぐられ、指先に摘んだ乳首をこね回されると、普段は意識することもない鼓動がどっどっと乱れはじめ、身体の芯がじんわりと濡れるような気がした。

理性を凌駕する欲望に支配された氷室の、まさに食らうかのごときキスは、朔耶の唇から溢れた唾液がシーツに染みを作るまで、延々と続いたのだ。

ぴちゃっ、と音をたてて離れた唇のあいだ、細く繋いだ唾液の糸を陶然とたどったさき、我に返った男の顔は、ひどくやるせない色を宿していた。

「お願いです……。これ以上、煽らないでください」

散々、味わっておいてなにを言うか。

サディスティックかと思えば、実は自虐趣味たっぷりの男は、ここまでしてやってもまだ、朔耶を愛することを恐れている。

「あなたの目が、私を暴く。この心の弱さまですべて……」

底のない透明な湖のような瞳に魅せられて、覗きこんだ水鏡に映るのは、おずおずと視姦する卑屈な姿。決してつりあわないおのれの姿を見せつけられる残酷に、耐えられる者があるだろうかと怯える男の、屈強な身体のうちにあったのは、脆いバランスで揺れる心だった。

ほんの少しでも負に傾けば、市ヶ谷のように周囲の誰も彼もを道連れにして、狂気と紙一重の享楽のダンスを踊り出す。やがて身動きもできぬほどに疲れ果て、壊れた玩具といっしょに、誰にも振り向いてもらえない場所に捨てられる日まで。そのぎりぎり手前で踏みとどまってくれてよかったと、市ヶ谷の危うさを目の当たりにしただけに、朔耶は思う。

「なにを見ても驚かない。知らないほうがずっとつらいから」

あえて命令口調で言いながら、氷室の頭を両手で引き寄せ、頬をすりあわせながら掻き抱く。

「おまえの愛し方をすべて見せろ」

告げたとたん、重なった胸のあいだで、ただでさえ乱れ打っていた氷室の鼓動が、どくんと大きく弾けて、驚愕の響きを伝えてくる。

「激しいな」

でも、朔耶の胸もそれと同じほどに激しく、ようやく取り戻した男を求めている。

朔耶はもう無心に氷室を慕っていた子供ではない。二十歳の男で、何気ない語らいの時間の穏やかさも好きだけど、それ以上に、身体の深くまで氷室に満たされて、官能に溺れる瞬間の心地よさも知ってしまった。

自分がちっぽけな笹舟《ささぶね》になって、荒れ狂う波に翻弄されるような――でも、そのさきに甘い蜜の満ちる世界があることを知ってしまったから、進んで滝壷《たきつぼ》に飛びこむことさえいとわない。

「おまえの愛では俺を汚すと言うなら、好きなだけ汚せ。おまえが望むだけ……！」

決して氷室のためだけの思いではないと、言葉にしたとたん、それに呼応するように身のうちの深い場所で、ひくっとうねった粘膜のあさましさで、朔耶は知った。

（ああ……そうか。俺は、穢されたかったんだ……！）

矜持を持って生きろと言った祖父の言葉は、自戒として、しかと心に刻んでいる。

けれど、反面、それだけでは息が詰まると感じるときもあったのだと、いまならわかる。

解放されたいと――志堂の名前も、元華族の誉れも、両親の期待も、祖先の功も、そんなものはどうでもいいと、ただ一個の人間になって、思うさま叫びたい自分もいたのだと。

それを教えてくれたのは、氷室だ。

緊縛されて引き回されるような、惨めな立場に落とされ、無理やり開かれた身体の奥、初めて味わった羞恥のなかで、理性も誇りもかなぐり捨てて、ただ与えられた快感を貪りつくす。

常識の枷《かせ》から外された氷室の妄想に酔わされ、朔耶もまた虜囚の悦《よろこ》びを感じていたのだ。

一体のセックスドールとなり果て、自らはなんの責任も負わず、ただ命じられるままに愉悦を追う。追っていいのだと断じる声にすがって、あられもなく腰を振り、放埓にふける。

その無責任極まりない時間のなかで、確かに朔耶は解放されていた。

(氷室の望みだけじゃない。あれは、俺の望みでもあったんだ……)

淫らな記憶は、より甘い解放を求めて、朔耶の肌を上気させ、淡い下生えの中心で脈打っていたものさえも、じわりと頭をもたげていく。それが苦しくて、自らファスナーを下ろす朔耶を手伝って、氷室は不安な面持ちは残したまま、けれど、決して下僕としての義務感だけではなく、確かな期待を滲ませながら、少々乱暴なほどの手つきで下肢を剝いていく。

そうして、脱ぎきれなかったシャツだけ、ようやく腕に引っかかっているものの、ほとんど全裸に近い姿をさらせば、氷室の双眸に抑えきれない欲望の炎が、かっと燃えあがる。

古今東西の人形職人達が、求めて、探して、苦悩して、でも、決して行きつくことのできなかった人肌の、薔薇の芳香のごとく匂いたつ色香をまざまざと見せつけて、自らは意識もせずに男を誘う、その魔性。

「もう……どうなっても知りませんよ!」

罪の贖いにと必死におあずけを科していた男は、すさまじい誘惑についに陥落し、最後に残った理性を飛ばし、心の深淵に秘めていた獣を解き放った。

邪魔なだけの上着を脱ぎ捨て、その勢いのままに、朔耶の足を肩に担ぎ上げると、右手の指にぺろりと舌を這わせただけで、いきなり朔耶の後孔に捻《ね》じこんでくる。

「……ッ……!」

襞《ひだ》を割っての突然の侵入に、朔耶は奥歯を噛みしめて耐える。

ここで不快な反応を示せば、氷室は二度と朔耶を求めまい。氷室を失わないために、すべてを投げ出し、必死に声を押し殺す。そんな朔耶の覚悟もすべて知っているはずなのに、氷室はひどく性急に、傷つきやすい粘膜をえぐるような愛撫を開始する。

ほぐすという目的にしては乱暴すぎるそれは、自分の愛などしょせんこの程度だと見せつけるかのように異物感ばかりを押しつけてくるが、男を受け入れることに慣れてしまったその場所は、自ら快楽を引き出そうとするかのように、氷室の指にまとわりついて、淫らな蠢動《しゅんどう》でもって締めつけはじめる。

気持ち以上に、身体が欲しがっている。

氷室怜司という男を——いまこそ、自分だけのものになった男を。

朔耶の双丘を揉みしだきながらも、侵入を続ける太い指はしだいに本数を増やし、収縮していた入り口をいっぱいに広げていく。さらに、朔耶のささやかな乳首に落ちてきた肉厚の唇が、嘗めたり吸ったりと、好き放題に刺激する。柔らかかったそれが、ぷっくりと立ち上がってくるころには、焦れた疼《うず》きが胸だけではなくそこかしこに散って、ビスクの肌が汗に濡れはじめる。

「……ッ……！　やめっ…、そこは……」

男のくせに乳首で反応してしまうのがいやで、つい非難めいた声が出てしまった。

「やめてもいいんですよ。でも、私は、この粒の感触が好きなんです。もっと大きくして、ここだけでいけるくらいに開発してやりたい」

「バ、バカ……変なこと、言うなっ！」

「では、命じてください。あなたの許しがなければ、私は指先一本動かせない身ですから」

そう言うわりには、氷室の指は、朔耶の肌を、そしてなかを、吸いつくような感触を楽しみながら大胆に蠢いているのに。一方で命令がなければできないなどとは、ずいぶんと狡い。

「だから……おまえの好きにしていいから」

そこまで折れてやってるのに、それではだめだと、氷室は首を振る。

「もっとはっきりと命じてください。どこに、なにを、どうしてほしいのか……」

従僕でしかない身では、主人の命令がなければなにもできないのだからと、淫らな欲望を朔耶の口から告げさせようとする。

(これって、人形だったときと変わらないんじゃないか……?)

白磁の肌を、燃えたつ羞恥で染めあげ、朔耶は上目遣いに氷室を睨む。

服従という名の支配。それを氷室は、二人が繋がるいまこそ、存分に使っているのだ。

とはいえ、この一ヶ月のあいだ、自分が朔耶に強いてきたものを後悔する気持ちも、うそではないはずで、情欲をぎりぎりまで抑えこんだ瞳には、どこか不安な色が見え隠れしている。

試しているのかもしれない、朔耶の気持ちを。

いっかいの下僕でしかない男の愛を——穢れきった想いを、百二十年以上の伝統を背負ったその身に、本当にすべて余さず受け入れることができるのかと、わざと追いつめ、その決意のほどを問うているのだろう。朔耶に、そして、氷室自身に。

（しょうがないな……）

どれほどの飢餓と欲望を持ったケダモノであろうと、身動《みうご》ぎひとつできぬほどに緊縛して、心の奥深く、二度と這い上がれぬ深淵に突き落とし、じわじわと燻《くすぶ》る情動を潜ませたまま、ただ傍らにあり続けようとの覚悟も見えて――そこまでの我慢を強いることなど、やはりできはしないと朔耶は嘆息し、手を差し出す。

「おいで……」

羞恥をこらえ、氷室の肩に支えられていた両足を、自らの手で胸につくほどに引き寄せ、大きく割り開いて、男を招く。おいでと。いっしょにあたたかくなろうと。

「ここに、欲しい……。おまえを……おまえの情熱でいっぱいにしてくれ……！」

氷室の指を含んだだけで、濡れてやわらいで、淫靡な収縮に身悶えている襞を見せつける。

瞬間、氷室の瞳が――それを覆い隠すレンズもなくし、いっぱいの欲望を煌《きら》めかせる。

（ああ……そのほうがいい）

昏さを宿すより、無感情を装うより、うちなる禁忌の願望を解放させ、罪の意識に苛《さいな》まれながらも、朔耶の肌を映して、いまこそと輝く双眸のほうがどれほどましか。

「朔耶さん……！」

つぷり、と淫靡な音とともに指を引き抜くと、氷室は自らの前を解放し、触れてもいないのに、すでにじゅうぶんな硬度を持った性器を取り出し、朔耶の秘孔に押しあててくる。

それは灼けるほどの熱を発して、朔耶のなかに迎えられる瞬間を心待ちにしているのに。一方で、主人たる者の許しがなくば、これ以上もう進めはしないとの怯えも感じさせる。

「いいよ、来て……」

だから、差し伸べた両手を氷室の首にかけて、自ら引き寄せる。

本当なら、焦れったいほどに丹念で優しい愛撫を施さねばならないのに、見せろと命じられた愛の形は、いまはただ乱暴に主人を貪るものでしかなく。せめてこんな自分を、明日には捨ててくれてもかまわないとの覚悟さえ瞳に滲ませながら、氷室は、しっとりと潤った場所へと強引なだけの挿入を開始した。

「……くっ……！」

もう数えきれないほど抱かれているのに、未《いま》だに、挿入時の身体の反応に慣れない。うねるように蠕動《ぜんどう》する内壁は、入ってくる異物を押し戻そうとしているのか、それとも、もっと奥へと呑みこもうとしているのか。なかを圧する熱塊は、いつもよりさらに逞しいようで、まだ強張りが残った場所に、裂けるかもしれないとの恐怖と紙一重の充溢《じゅういつ》感を送ってくる。

「ふ…うっ……！」

じわりと額に汗が浮き、胸は荒い呼吸に上下し、腰はゆらゆらと勝手に揺れ、入り口の襞さえもいっぱいに開いて、少しでも楽になろうとする身体が、勝手に一番気持ちのいい場所へと氷室のものを導きはじめる。

「痛い、ですか？」

痛くないわけがない。なんでこんなにと思うほど、氷室のそれは常にない量感で狭隘《きょうあい》な場所を押し開いているのだから。

だが、同時に、前立腺にも直に刺激が与えられ、すぐにも股間が熱を持ってくる。先端からじわりと滲み出した滴りの感触がたまらず、朔耶は首を振る。

「でも、痛いだけじゃないですよね。ちっとも萎《な》えてませんよ」

それが嬉しいのか、氷室は、朔耶の屹立を手のひらのなかに握りこみ、根本からぎゅうっとしごきあげたさき、蜜を滲ませた先端に指を絡めて、揉みたてはじめる。

汚していいと朔耶が言ったからには、もはや手袋で覆う必要もなく、敏感な場所にぐりぐりと爪を立てる氷室の指の動きは、痛みにも似た激しい官能を生み出していく。

「ひ……、ああっ……！」

「少々荒っぽいくらいが好きなんですね、あなたは」

不遜《ふそん》な笑みを取り戻した男が、前をあちこちと弄っていた手を、朔耶の下腹部へと移動させてくる。なにを？　と思っている間に、内側に氷室の猛りを呑みこんでいるあたりを、ぎゅっと圧迫されて、朔耶は喉をのけ反らせながら高く甘い声を放っていた。

ずくずくと脈動するものの、浮きたつ血管まで感じとれそうだと思ったとたん、羞恥の炎がめらりと皮膚を嘗め、全身の汗腺からどっと汗が噴き出す。

「……ッ……！」

身体はもう過敏なほどに与えられるものを貪っているのに、それを素直に認めるのが悔しくて、朔耶は最後の意地で唇を噛む。無駄にプライドばかり高くて、つらいときほど必死に耐える苦悶《くもん》の表情や、緊張した下肢が生み出す締めつけが、よけいに相手を煽るのだとしても、そんな変態男の理屈は朔耶の意識の範ちゅう外のことだ。

「そんなことをしたら、傷になります」

うっとりと囁く男の舌に、上唇から下唇へと形をなぞるように嘗められれば、くすぐったさから、もう閉じていることもできなくて、その隙を狙って一気に深くなった口づけに支配され、熱い吐息と蜜を送られる羽目になる。

さらに、感じやすい口腔内の粘膜をねぶられれば、じんわりと広がる疼きになんだかもうわけがわからなくなる。気がつけば朔耶は、はふはふと息を乱しながら、知らずに両手足を氷室の背に絡め、相手の動きに倣《なら》って自ら腰をくねらせていた。

「大胆な人だ。そんなにご自分から動くのがお好きなら……」

シーツと背のあいだに入りこんできた氷室の力強い腕が、しがみついたままの朔耶の身体を抱え上げる。一瞬の浮遊感ののち、気がつくと朔耶は、座位で氷室の腰を跨いでいた。慌てて両足をシーツに落として踏ん張ったせいで、腰が浮き上がり、結合部分が緩む。

「え、えっ…？　なに……？」

もう散々、みっともない姿をさらしているのに。それでも理性を取り戻してしまえば、自ら動くことはためらわれて、朔耶は言葉もなくしばし逡巡《しゅんじゅん》する。

「どうしてやめるんです？　見せてください、ご主人様の大胆な腰遣いを」

慇懃な口調で、あさましい行為をうながしてくる男は、さっきまでの殊勝な顔はどこへいったのかと思うほど、欲望に輝く瞳にも、両端を傲然と上げた肉感的な唇にも、大人の男の色香を漂わせている。たった二枚のレンズだけで、いつもはこの雄のフェロモンを抑えこんでいるのかと、驚きとともに朔耶は、ぽっと目尻を朱に染める。

「いいですね。羞恥に耐えるあなたは、なにより美しい。その世にも稀《まれ》なビスクドールの顔が、あられもなく快感を追って、悶えるさまを見せてください」

夢見心地で言って、氷室は熱い息に乱れる唇を、朔耶の胸に押しつけてくる。

凝《しこ》った粒を乳輪ごと吸われ、朔耶はたまらずかぶりを振る。薄茶の髪が汗の粒を弾かせながら宙を舞い踊る。痛いほどに感じやすくなった乳首を、強靭な舌先で弾かれると、苛烈な痺れが肌をざわめかせ、筋肉を緊縮させせ。入り口は咥えたものを逃すまいと狭まっていく。

「くんっ……！」

それだけで、腰骨の奥あたりが、じゅんと熱を持って、さらなる刺激を欲して蠢きはじめる。

もうこれ以上は我慢できないと、朔耶は氷室の頭を抱えこんだまま腰を下ろす。最奥への道はじゅうぶんに濡れそぼち、いっぱいに開いているのに、羞恥がそれを邪魔する。

「どうでもいいですけど、中途はんぱに入ってるだけのほうが、よほどみっともないですよ」

胸元で響く氷室の意地悪な揶揄に、肌を恥辱の色で染めあげながらも朔耶は腰を揺すり、極限まで膨らんだ熱塊をゆっくりと呑みこんでいく。

「う……、ふ…んっ……」

内臓が迫り上がってくるような充溢をともなった痺れが、下肢から津波のようにじわじわと広がってきて、より深い快感を求める肉壁が食むように蠢動しているのがわかる。

鋭敏になりすぎたそこが、熟れた粘膜を巻きとりながら入ってくるものの形を如実に感じとってしまって、いっそ乱暴に貫かれたほうがましだとさえ思うのに。

はめて、と自ら望むには、朔耶のプライドは残骸《ざんがい》になってさえ意地を残していた。

「手数のかかるお坊ちゃんですね。こっちが焦れる……！」

そこまでして朔耶の気持ちを試したあげく、やはり我慢などできないと再び伸しかかってきた氷室が、自分は膝立ちになるほどに朔耶の腰を高々と抱えたまま、上から押しつけるような形で、ずん、と大きな突きでもって、一気に最奥までを満たしてくる。

「……っ……あぁぁ──！」

そうしてすべてを受け入れてしまえば、もう恥も外聞もない。内部はこれでもかと複雑にのたうち、ようやく気持ちごと捉えた灼熱にまとわり、締めつけ、味わいはじめる。

「ふっ…、こ…こんなっ……っああ──…！」

襞を裂くほどに膨張した塊が、獰猛なまでの熱量を朔耶のなかに撒き散らし、体温を一気に押し上げていく。不思議なことに、皮膚感覚は氷室のほうがひやりとしているのに、なぜか粘膜接触する部分の温度は、朔耶より高い。

たったそれだけの差が灼熱となって、敏感な粘膜をとろかし、脆いスポットを刺激し、皮膚を粟立たせ、名家のプライドにギチギチに縛りつけられた朔耶の心までも甘くほぐしていく。

（ああ……欲しい！　もっと、欲しい……！）

いっぱいにはめて、突き上げて、いいところを擦って、奥にたくさん出して。

決して口にはできない淫蕩《いんとう》な願いは、すでに朔耶の支配を離れ、氷室の腰に両足を絡めたまま、勝手にうねる身体が追っている。

股間に揺れるビスクドールにはないはずの屹立は、氷室の腹に擦られて、ようやく家名という呪縛から解放された喜びに、涙のような蜜を煌めかせて身悶えている。

濡れた肉と肉との摩擦が、どうしてこれほど蠱惑《こわく》的な感覚をもたらすのか、朔耶にはわからない。なのに、あさましく波打つ内部を止められない。

「あっ……あ、なか、変っ……？」

「変って、どんなふうに？」

「わから…なっ……。なんか、うずうずする……」

「それは変じゃなくて、いい、って言うんですよ」

氷室は鷹揚に訂正しながら、朔耶が感じる場所を中心に、ゆるゆると腰を回転させる。

「あっ、あっ……、い、いいっ……！」

「いいんですか？　伯爵様の末裔《まつえい》が、こんなにあられもなく腰を振って」

誇りはある。いまも細胞のひとつひとつに染みこんで、痴態をさらすばかりの朔耶を支えてくれている。その反面、拾ってやったはずの野良猫が、自分を踏みしだくその瞬間の、脳髄が煮えたぎるほどの恥辱こそが快感なのだと、身体が欲している。

（ああ……、俺は、変だ……）

もっと恥ずかしいことを言われたい。もっと貶められたい。

「どうやら本当に虐《いじ》められるのがお好きなようだ。もっとひどくしてほしいんですか？」

くくっ、と淫靡な笑いを含んだ声が、粘着質な音に混じって、朔耶の鼓膜を震わせる。

「んっ……して……！」

こんなことを口にする自分も、もうずいぶんとおかしい。

きっと、それこそが望みだったのだ。矜持だけで人は心を保てはしない。氷室とすごした数々の屈辱の夜、でも、征服されることに安堵感さえ抱いていたのかもしれない。

「そうか……、縛られたかったんですね、あなたは」

氷室もまた気づいたのだろう、朔耶も、ただの二十歳の男でしかなかったことに。

なのに、元伯爵という家柄が、無言の圧力となって潔癖さを強いていた。

不審人物でしかなかった市ヶ谷の存在を、朔耶の知りあいらしいというそれだけの理由で、ゼミの仲間が認めてしまったほどに、常に正しくあらねばならなかった。

それを重荷と思ったことはないけれど、少しでいいから自由に呼吸がしたいと、心のどこかで願っていたのだろう。

氷室に縛られる——心も身体も文字どおり緊縛され、なにひとつ自分の意志では動かせぬ立場になって初めて、すべての責任を放り出して朔耶は自由になれたのだ。

そこまでの言い訳がなければ捨てられないほどに、重い、重い、枷だった。

元華族という、無冠の呼称は。

「私が縛ってあげます。それであなたが解放されるなら。あなたの幸福こそ、私の悦びなのだから……！」

ずん、と鋭い突きを食らって、朔耶は背筋をしならせ、嬌声とともに衝撃を吐き出した。

「ふっ……！　……っああ――…！」

情欲という不可解な衝動に操られるように、朔耶は貪るように腰をくねらせる。

まるで本当にセックスドールのように、ただ快感だけを味わうために、後孔を搾ってはたわめて、なかを満たすものを思うさましゃぶりつくす。

「は……あっ!?　うそ、こ…こんな奥まで……？」

入ってくるのか、と濡れた唇を半開きにして、切れ切れの吐息混じりに訴える。

いままで知らなかった領域に到達した熱塊に、すさまじい勢いと質量で、ぐんと深くをえぐられて、新たな刺激がもたらす官能に、びくびくと男を咥《くわ》えたままの尻が踊る。

「あなたがこうしたんです。あなたが、いやらしく私を締めつけるから……！」

氷室の激しい律動に、朔耶もまた知らぬ間に応えていく。両手を、両足を、逞しい男の身体に絡め、押さえこみ、締めつけて。

「これはあなただけのものです。精の一滴までも、あなただけの……！」

貪欲《どんよく》に朔耶を追いあげる氷室の言葉にも行為にも、余裕がなくなってきて、吐き散らされる獣の息となって乱れていくけど、どれほど乱暴にされても、それが氷室の渇望からくるものと思えば嬉しいだけだ。

「いっ、ああっ……！　そ、そんな……とこっ……！」

「きれいですよ…。快感に溺れまいと耐えるあなたは、なによりもきれいだ……！」

在りし日の面影をフォトフレームのなかに残す貴婦人より。かの人が愛したアンティークドールより。それらが住まう屋敷を照らす弓張り月《ゆみはづき》より。

「だからこそ、壊したくなる……！」

その美しさを他の誰かが愛でるくらいならいっそこの手で、と嫉妬に駆られた情念を、湧きあがる興奮のままに心を解放した瞳が告げる。

「壊れてしまいなさい、私の腕のなかで……。朝から晩まで突っこんで、この淫乱な穴が乾く暇もないほど、犯してあげますよ」

憤りにひずんでいてさえ色香を含んだ声音で責められ、熟れた内部は苛烈なまでの熱をはらんだ凶器で掻き回され、朔耶は甘怠い陶酔へと陥落していく。

「他のなにも感じられないほど、私だけで、心までいっぱいにしてあげます……！」

傲然と言いきる男の手が、朔耶の胸に伸びてくる。わずかに温度の低い指先に、散々にいたぶられてまっ赤に染まった乳首を弄られ、もう片方には執拗な口淫を送られると、強烈な疼きが全身を駆け抜け、皮膚は粟立ち、内壁は強張り、埋めこんだものをさらにきゅうっと締めあげる。

「……きつ、すぎます……！　少し、力を抜きなさい……」

「やっ…、で…できなっ……んっ…！」

かぶりを振れば、薄茶の髪が汗の粒を弾かせながら、枕を叩く。

それを拭うように触れてきた指先でうなじをそっと撫でられて、ひゅっと声にならない喘ぎが喉を震わせる。どこもかしこも性感帯になってしまったのか、ほんの一閃、撫でられただけなのに、痛いほどの痺れが走り、朔耶をさらなる恍惚《こうこつ》のなかへとほうりあげる。

ぐしゅぐしゅと粘液の絡まる卑猥な音と、乱れる嗚咽の共演のなか、どちらとも知れぬ体液に濡れたシーツの海で、白い身体が跳ね踊る。

「い…いいっ……！　あぁ……そっ……！」

高々と上げられた双丘のあいだ、見事に血管を浮き立たせた太い幹が、これ以上広がりようのない襞の間から出入りするさまが、氷室の目にくっきりと映っている。

「ああ、なんていやらしい眺めだ。高潔な魂に淫売の身体……、私のものなのですね……！」

歓喜に叫ぶ男に応えて、快楽に従順な身体は、より激しい律動を欲してくねっている。

どくどく、と加速するばかりの氷室の脈動が、限界が近づいていることを伝えてくる。それに呼応して朔耶もまた、渦巻く熱の行き場を求めて縦横無尽に腰を振るう。

「……ッ……、だめだ、もう……！」

悔しげに唸ると、絶頂を間近に感じた氷室は、いちだんと小刻みな動きで朔耶の身体を揺さぶり、肉のぶつかる卑猥な音を、瀟洒《しょうしゃ》な部屋に響かせる。

「あっ…あぁぁ――…！　氷室っ……」

くっ、と息を詰めた男が、一瞬、動きを止めたとたん、いままで感じたこともない奥のほうに熱いつぶてを叩きつけられて、朔耶は全身をぶるっと震わせた。

（ああ……、濡れる……）

なかが、奥が、氷室の精で。それを最後の一滴まで余さず呑みこむために、入り口を締めあげ、腰を搾る。ずくずくと長い放埒を楽しむ男の脈動に刺激されて、もはや朔耶も耐えきれず、心地よい解放感とともに熱いほとばしりを放っていた。

その瞬間、人の世の理《ことわり》に縛られた肉体という枷を持ったまま、魂だけが浮上する。高く、高く、蜜の酒が流れる桃源郷《とうげんきょう》に向かって飛翔する。そこに待つのは、この世ならぬ甘い官能。

「はっ……、あ、あっ……」

ぬめった感触が、重なる身体のあいだにじわりと広がっていくのを感じながら、愉悦の余韻に震える身体はそのままに、朔耶は伸しかかってくる氷室の体温に溺れていた。

これが氷室の愛なのだと——たとえ誰に責められようと、こんな形でしか示せない愛なのなら、それごと受け止めるだけだ。そのほうが、失うよりずっといい。

そして、たぶん朔耶の胸のなかにある、井波や市ヶ谷に対して向ける嫉妬めいた感情も、決して子供の独占欲ばかりではないような気はするのだが。でも、いまはまだ明確に言葉にできないそれがなんなのか、こうして二人でいれば見つけられるはず。

まだ目覚めはじめたばかりのこの想いに、つける名前を。

気怠い余韻のなかで、うっとりと考えていたとき、なにか下腹部に鈍痛のようなものを感じて、朔耶は閉じていこうとする瞼を開ける。

「え？　うそ…なに……？」

たっぷりと精を放ったはずなのに、朔耶のなかの圧迫感は弱まるどころか、かえって強さを増しているのだ。

「だめだ……、止まらない……！」

低い唸りを発すると、氷室は再び激しく腰を使いはじめた。

太い猛りが、とろけた襞をめくりながら引き抜かれ、再び深く差し込まれるたびに、ごぷりと鈍い音とともに、なかに放たれた液体が溢れてくる。氷室と朔耶の混じりあった体液で、繋がった部分を、さらに淫らに濡らしていく。

「ああ……、氷室っ……」

人形としてでもなく、元華族としてでもなく、初めてただ人となってまぐわう夜。

さらなる愉悦を求めて自ら腰を振り、揺らされ、落とされ、突き上げられ、愉悦の波を追い求めながら、朔耶は二度と失わない夢に、どっぷりと浸っていった。

「朔耶さん、お時間ですよ」

朝餉のすんだダイニングで、呑気に茶など飲みながら佐代を相手に、壊れてしまった人形は自分の身代わりになってくれたんだろうと、そんなことをついしみじみと語っていたら、時間厳守が命の秘書が厳しい声をかけてきた。

「ん、ん……いま行く」

まだ口のなかに残っていた千枚漬けを、ほうじ茶で流しこみ、行ってきます、と席を立つ。

「あの偉そうな態度が、どうにも気に入りませんですよ、私は」

身をていして市ヶ谷から朔耶を守ったことで、少々は氷室に対する見識を改めた佐代だったが、でも、大事な坊ちゃまに不埒なまねをしていることにもすっかり気づいているから、使用人としては最低と認定してしまったらしい。もともと佐代を苦手にしていた氷室だが、この老齢の家政婦の前でだけは、大きな身体を縮めるさまが、なんともおかしい。

玄関に出れば、そこに見慣れたベンツが待ち受けている。

心を打ち明けた日から二週間。氷室はいまも『ＩＮＡＭＩ』に籍を置いたまま、我が儘な社長のスケジュール管理に追われている。

それでも朝だけは、出社のついでにと、昔のように学校まで送ってくれる。

給料をもらおうがもらうまいが、氷室にとって朔耶は、生涯で唯一の主人なのだ。

「そういえば、いつから屋敷を一般公開するんだ？　もう準備はできてるんだけど」

車の脇に立つ氷室に歩み寄りながら、朔耶は問いかける。

「ああ。あれはやめました」

後部ドアを開けながら、氷室はあっけらかんと言い捨てる。

「やめる……って、え？　どうして？」

「社長命令ですから。朔耶さんを客にさらすなんてもったいないそうです。それに、人が入ればお屋敷が荒れます。庭を開放するくらいがせいぜいでしょう」

それは嬉しい。だが、すべて井波におんぶに抱っこという状況は、なんとも心苦しい。

「一度、井波さんに、きちんとお礼にいかないとな。市ヶ谷さんのこともあるし」

「真希は楽しく遊んでいるようですから、朔耶さんがお気になさることはありません」

井波が市ヶ谷に与えた面白い遊びとは、オンラインゲームのなか、太古の力を有する謎の精霊という座だった。だましたものの勝ちというポリシーの市ヶ谷にとって、本当のことなどひとつもない仮想現実の世界は、まさに理想郷だったらしく、開発セクションの一角に設けられた専用の端末にへばりついて、一日中遊んでいるとのこと。

もともと頭はいいだけに、あっという間にゲーム世界の覇者になり。ゲーマー達からは神と奉られ、初心者には救い主として頼られる存在になっている。そうなると不思議なもので、凶暴性はなりをひそめ、弱者のために悪を打つダークヒーローを嬉々《きき》として演じているらしい。

突然登場した、このカリスマエルフのおかげか、ゲーム参加者数はうなぎ登りで、サーバーの増設も検討中とのこと。『ＩＮＡＭＩ』にとっても、有益な結果となったのだ。

適材適所、人の才を見抜く井波東吾の眼力の確かさには、ただただ感服するしかない。

「わざわざ会いにいく必要はありません。社長へのお礼は私が伝えておきますので」

なのに、それだけお世話になっている自分の雇い主にもかかわらず、氷室の井波に対する態度はひどくすげない。

「どうして？」

訊いても、氷室は答えようとしない。どこか不服そうな顔で黙り込んでしまう。

井波が朔耶をかまうのがお気に召さないらしいのだが、本当に心が狭い。

もっとも、氷室に対する独占欲なら朔耶だって負けないから、人のことなど言えないのだが。

「でも、やっぱり一般公開はしたいな。一部だけとかでも。維新以来の変遷《へんせん》を見守ってきた歴史の証人なんだから、個人が抱えこんでいていいものじゃない」

「それでは、一部を展示場にしましょう。でも、朔耶さんは決して顔をお出しにならないこと」

どうやら井波の命というより、単に氷室自身が、朔耶を人前に出したくないだけのようだ。

「遅くなります。そろそろ参りましょう」

慇懃な言葉と仕草で、氷室は後部ドアを開ける。その手にはめられたトレードマークのような白手袋は、きれいに撫でつけられた髪と小振りの眼鏡とともに、端正な姿によく似合う。

ついつい見惚れて、温度を上げた吐息をほうっと落とし、朔耶は車に乗りこんだ。

いまはまだ陽は明るく、従僕としての自戒が必要な時間だが。

ひとたび館が夜の帳に包まれ、乱れたシーツのなかで熱い愛撫を白磁の肌に受けるとき、それが氷室の手を覆うことは二度とないだろう。


——おわり——

「秘書の愛したビスクドール」（書き下ろし）

あとがき

こんにちは、あさぎり夕です。このたびは『秘書の愛したビスクドール』をお手に取っていただき、ありがとうございます。内容はタイトルどおり、秘書に弄ばれるお人形さんになり果てたご主人様という、下克上物です。当初は雑誌のエロとじ用に書いた『縛めの白薔薇』をノベルズ化にと考えていたのですが、慇懃無礼な秘書は年上のほうがいいだろうとのことで、設定と濡れ場シーンを部分的に流用しただけで、まったく別の話にしてしまいました。

華族にビスクドールに株式に緊縛と、調べることが多くて大変でしたが、一番大変だったのはページオーバーしたせいで大幅にカットしなければならなかったことです。初稿ではやたらと証券用語が飛び交っていたので、むしろわかりやすくなったかと思います。でも、株に関してはずぶの素人なので、間違いもあるかもしれません。一番の疑問だったのは家の抵当権のことで。これはちょうど訪ねてきた銀行さんを捕まえて訊くことができたので、ラッキーでした。

普段よりシリアスめで、ぶっちゃけ過去のどろどろはいつも以上ですが。かんべあきらさんの美しいイラストで、ロマンティック度は数倍アップしているのではと、今からとても楽しみにしています。お忙しい中、お引き受けくださって本当にありがとうございました。変態系のエロばかりで申し訳ないです。そして、いつも色々と手伝ってくれるマネージャー氏、元気な声で励ましてくれる担当さん、なにより読者の皆様にお礼申し上げます。ご感想などありましたらお聞かせください。では、またどこかでお会いできることを願って。

台風一過の空青し　　あさぎり　夕

ビーボーイノベルズをお買い上げいただきありがとうございます。
この本を読んでのご意見・ご感想をお待ちしております。

〒162-0825 東京都新宿区神楽坂6-46
ローベル神楽坂ビル７階
リブレ出版㈱内 編集部

B●BOY NOVELS

秘書の愛したビスクドール

2007年11月20日 第1刷発行

著 者――あさぎり夕

発行者――牧 歳子
発行所――リブレ出版 株式会社
〒162-0825 東京都新宿区神楽坂6-46ローベル神楽坂ビル6F
営業 電話03(3235)7405 FAX03(3235)0342
編集 電話03(3235)0317
印刷・製本――株式会社光邦

Printed in Japan
ISBN 978-4-86263-281-4